替天行盜
第二輯
卷2
火線救援
石章魚 著

人只要活著一天就得往前走

往前走就得抬頭看

很多時候不僅僅是你自己在走路

目錄

CONTENTS

第一章

盜門第一高手的外孫

白雲飛一度覺得這兩口子是受了羅獵的連累，
他甚至懷疑和藍磨坊的地皮有關。
可事情的發展卻超乎了白雲飛的意料之外，
居然牽出瞎子是盜門第一高手陳九梅的外孫子。
翡翠九龍杯和東山經的浮出水面，更是振奮人心。

雨仍在下，夜雨籠罩下的巡捕房顯得極其壓抑，巡捕房內燈火通明，已是晚上十點了，劉探長剛剛開完會，根據他們手上的證據，以及繳獲的贓物，這場縱火案已經足可定性，現在所差的就是嫌犯周曉蝶在認罪書上簽字畫押。

劉探長從會議室出來，一名巡警道：「劉探長，程小姐來了，已經等了您一個多小時。」

劉探長道：「是嗎？怎麼不早點通知我？」

「您剛剛不是一直在忙著開會嗎？」

劉探長加快了腳步，對程玉菲他還是從心底感激的，這次的案子多虧了程玉菲，如果不是程玉菲在最短的時間內找到了證據，那麼他們就不會那麼快鎖定犯罪嫌疑人，自然也不會那麼快破案。

程玉菲和劉探長很熟，她已經被提前請到了劉探長的辦公室，正坐在沙發上看著報紙。

劉探長笑道：「玉菲，這麼晚了還要過來，有什麼要緊事？」

程玉菲笑道：「劉叔叔，的確有些事情，本來以為您回家了，可打電話過去，才知道您還在巡捕房開會，反正我的偵探社離您這兒不遠，於是就過來跟您見上一面了。」

劉探長道：「坐吧，咖啡還是茶啊？」

程玉菲舉起自己面前的半杯咖啡道：「不喝了，就快喝飽了。」

劉探長哈哈笑了起來：「你啊，這是抱怨劉叔叔讓你久等了。」

程玉菲也笑了起來：「不敢不敢，我怎麼敢抱怨咱們法租界的華探總長？」

劉探長歎了口氣道：「什麼華探總長，說起來風光，其實就是個受夾板氣的職位，法國人看不起我，同胞在背後罵我，兩邊不是人吶。」

程玉菲道：「可別這麼說，劉叔叔還是為租界老百姓做了不少實事呢。」

劉探長道：「別恭維我了，說，這麼晚過來到底有什麼事？」

程玉菲道：「今天羅獵去探望周曉蝶了，我按照您的指示，全程陪同。」

劉探長道：「有什麼不同尋常的情況？」

程玉菲道：「周曉蝶的情緒原本非常低落，可是在羅獵探望她之後感覺好轉了許多。」

「羅獵是不是跟她說了什麼？又或者做了什麼暗示？」

程玉菲道：「沒有！」

劉探長道：「羅獵這個人可不簡單啊。」

程玉菲道：「能讓法國領事出面，看來他在黃浦的關係很廣。」

劉探長道：「我指的不是這個，當年他被列為殺死于衛國的嫌疑人，就被關在這座巡捕房，我們可謂是重兵防守，啟動了巡捕房有史以來最嚴密的監管措施，可最後，還是被人給劫了獄，我的不少弟兄就死在那個晚上。」這是他心裡永遠的痛，所以他對羅獵並無好感，雖然時過境遷，已經證明瞭羅獵的清白，可是他死去的那些弟兄又找誰去討回公道？

程玉菲道：「我總覺得羅獵用某種我沒有覺察的方式影響了周曉蝶，可是我當時全程緊盯著他，甚至他和我說話的時間都要比周曉蝶多，我實在不知道他用了什麼辦法。」

劉探長道：「可能你對他太過重視了，他也許沒那麼厲害，也許他什麼都沒做，是你想多了。」他拍了拍面前的卷宗道：「這件案子證據確鑿，我們剛才開會就是討論案情，等拿到周曉蝶的認罪書，就可以徹底結案，其實等於已經結案了，三天之後她會被移交給巡捕房，我保證讓她在一天內認罪。」

程玉菲道：「劉叔叔，我有個不情之請，我想親眼看看你們找到的贓物。」

劉探長愣了一下：「翡翠九龍杯？」

程玉菲點了點頭：「我想看看它究竟是真是假。」

劉探長道：「這只怕不行了，現在所有的證物和贓物都被封存，嚴密看管起來了，事關重大，不容有失啊！」

程玉菲道：「我總覺得這件案子過於順利了。」

劉探長道：「順利才好，如果到處都是障礙，我還有這些弟兄全都得被解雇回家，這世道，大家還要靠這碗飯養活家裡呢。」

程玉菲意識到今晚是不可能看到證物的，她決定離開，起身告別道：「劉叔叔，我先走了，您也早點回家休息。」

劉探長道：「今天不回去了，翡翠九龍杯的事傳得沸沸揚揚，我擔心有人會產生據為己有的念想，實在是不容有失啊，等明天我把這些證物全都呈上去，才敢回家好好睡上一覺。」

程玉菲離開巡捕房，撐開雨傘，緩步向自己的偵探社走去，自從今天遇到了羅獵之後她就覺得心神不寧，程玉菲的腦海中反覆回想著羅獵和周曉蝶見面的情景，表面上看這次探視毫無破綻，可羅獵為何要把不多的見面時間用在自己的身上？他當時明明可以問周曉蝶更多的問題？

一道黑影從後方衝了上來，伸手去搶奪程玉菲的手袋，還未靠近程玉菲的身邊，程玉菲就已經驚覺，她一腳就踹在對方的小腹，將那名劫匪踢得騰空飛了起來，然後重重跌落在濕漉漉的石板地面上。

劫匪痛得一聲悶哼，此時從旁邊的小巷裡面又衝出來兩人，他們顯然是一夥的，看到同伴出師不利，慌忙出來接應，其中一人還掏出了匕首，咬牙切齒道：「賤人，識相地把東西都交出來，我們只是劫財，別逼我們殺人。」

程玉菲收起了雨傘，冷冷望著三人，那名拿匕首的劫匪看到沒有把她嚇住，舉著匕首向程玉菲衝了上去，程玉菲手中雨傘一抖，雨傘的尖端已經準確無誤地擊中了對方的匕首，劫匪感到手腕一麻，匕首已經飛了出去，程玉菲手腕靈蛇般擺動，收起的雨傘，如同鐵棍一般重擊在那名劫匪的頸部，劫匪在重擊之下身體失去平衡，腦袋撞在一旁的圍牆上。

還有一名劫匪繞到後方試圖偷襲，程玉菲手中雨傘如同利劍般向後直刺，在距離劫匪咽喉還有半寸處停滯不動，冷冷道：「滾！」

三名劫匪這才知道遇到難啃的硬骨頭，三人哪還敢再繼續逗留，相互攙扶著跌跌撞撞離開。

程玉菲再度撐開雨傘，擋住了頭上的雨絲，她忽然想起了一件事，放下雨傘，抬頭望著細雨霏霏的夜空，程玉菲咬了咬櫻唇：「我怎麼這麼傻！」羅獵跟她對話等於是在她的頭頂撐起了一把傘，傘下沒有一絲細雨，可傘外依然雨下不停，羅獵不僅是在轉移自己的注意力，他甚至對自己進行了某種程度的催眠。

想通了其中的道理之後，程玉菲陷入深深的懊惱之中，她甚至不願撐起雨傘，寧願就這樣在雨中淋著，她希望這場雨能夠讓自己變得更清醒一些。

蓬！程玉菲聽到了一聲悶雷，抬起頭，遠方的天空有些發紅，她眨了眨眼睛，確信自己沒有看錯，失火了？在這樣的雨夜居然失火了！剛才的那聲悶雷應該是爆炸。

這已經是最近幾天來發生在法租界的第二場火災，這次的火災發生在一座廢棄的倉庫，倉庫裡面沒有人，周圍民宅距離都很遠，雖然火勢很猛，但是波及到民宅的可能性並不大。

整個租界的警力都出動了，綢緞莊的事情剛有眉目，這邊又發生了火災，如果發生人員傷亡，會讓巡捕房此前的努力前功盡棄。

巡捕房出動巡警前往救火的時候，一道黑影悄然從巡捕房的屋頂攀援而下，輕輕拉開窗戶，面對裡面的鐵柵欄，他只是用雙手一扯，就扯出了一個可供他自由通過的縫隙，黑衣人進入巡捕房內。

巡捕房對面的樓頂，羅獵通過望遠鏡觀察著巡捕房周圍的情況，負責潛入的是張長弓，他們也是不得已而為之，現在的情況對周曉蝶太過不利，就算周曉蝶不承認所有的指控，那些巡捕房掌握的證據仍然可以將她定罪。

羅獵雖然在周曉蝶腦域中找到了關於她被人控制意識的證據，但是這些證據不可以公開，即便是公開也沒有人會相信，無法用來作為周曉蝶無罪的證明。於是羅獵想到了這個鋌而走險的辦法，唯有毀滅對周曉蝶不利的證據，才能讓她暫時脫離危險，羅獵這麼做，不僅僅是為了周曉蝶，更是為了安翟，在安翟清醒之後，如果知道周曉蝶被定罪，只怕他無法承受這樣的打擊。

廢棄倉庫的爆炸和失火也是羅獵一手導演，目睹張長弓成功潛入巡捕房內，他暗暗鬆了口氣。他觀察著巡捕房周圍的狀況，製造的這場火災成功吸引了巡捕房的大半警力，現在的巡捕房防守相對薄弱。

以張長弓的能力，進入巡捕房，毀滅物證並不難。

街角處忽然出現了一道身影，這身影正快步奔向巡捕房，羅獵從身形判斷出來人是程玉菲，不由得皺了皺眉頭，她怎麼出現在這裡？難道他們的調虎離山之計已經被她察覺？

羅獵低聲道：「程玉菲向巡捕房去了，你要小心。」他是通過微型對講機對張長弓說話，這種對講機是他從智慧種子中找到的圖紙，應當說這種設備超越了時代，來自於未來，羅獵根據圖紙製作出來了一些工具，他的目的並不是要用這些工具來改變歷史，只是要為他們的行動多一些保障。

相隔遙遠，張長弓仍然將羅獵的話聽得清清楚楚，他對羅獵真是佩服，自己的這位兄弟簡直是無所不能，連如此神奇的電話都能夠製造出來，他們相隔的距離這麼遠，居然可以隔空對話。

張長弓低聲道：「明白！」

他閃身出門，以迅雷不及掩耳之勢將門外巡邏的一名巡捕打暈，在這次行動之前，他們達成了共識，如無必要儘量不要傷及無辜。

張長弓進入四樓，可證物室，卻在二層。他事先已經將整個巡捕房的建築結構圖研究透徹，了然於胸，就算閉著眼睛也能找到地方。

張長弓貓著腰向總電閘的位置走去。

程玉菲已經進入了巡捕房內，她大聲道：「劉探長呢？」

程玉菲和巡捕房很熟，所以她並沒有遇到任何的阻攔，一名巡捕道：「十二區發生了爆炸，爆炸引發了火災，劉探長帶人去救火了。」

程玉菲道：「現在誰負責？」

「陸探長！」

程玉菲道：「他人呢？」

「剛去休息了！」

程玉菲道：「趕緊去通知陸探長，所有人到證物室警戒，絕不可讓任何人靠近證物……」她的話還沒有說完，巡捕房內突然停電了，周遭陷入一片黑暗。

程玉菲內心一驚，她掏出了手槍：「有人潛入巡捕房！注意保護證物！」

張長弓此時正以驚人的速度衝向證物室，沿途駐守的巡捕剛一驚覺，就被張長弓一拳打暈。

程玉菲打開手電筒，手電筒光束準確鎖定了在二層走廊高速奔跑的黑影：「射擊！」伴隨著程玉菲一聲令下，所有人同時開槍，子彈向黑影射去，張長弓奔跑的速度奇快，雖然如此還是有幾發子彈擊中了他。

羅獵聽到了來自巡捕房內的密集槍聲，他知道張長弓遇到了不小的麻煩，羅獵從一旁拿出狙擊槍，瞄準了巡捕房的院子，在院子裡仍然停著三輛警車。

羅獵瞄準其中的一輛，鎖定油箱的位置，果斷扣動了扳機，子彈準確無誤地射中了汽車油箱，巡捕房的院落中發出一聲驚天動地的爆炸聲，火光四處升騰，汽車炸得支離破碎，一隻燃燒的輪子高高飛上了天空。

爆炸震得巡捕房窗戶的玻璃紛紛破碎，巡捕房內原本在圍堵潛入者的巡捕因為這場突如其來的爆炸，而嚇得紛紛趴在了地上，埋住面孔以免被因爆炸而碎裂如雨下的玻璃割傷。

第一次爆炸還未平息，第二場爆炸又已經到來，羅獵接連三槍，將三輛汽車盡數打爆。

張長弓卻利用這難得的時機，已經衝到了證物室的門前，抓住兩名巡捕，將他們直接扔了下去，然後一腳踹開了證物室的鐵門。

程玉菲在爆炸的餘波中搖搖晃晃爬了起來，她不顧一切地衝向二樓證物室，雖然不知道入侵者究竟是誰，可是她卻已經知道了對方的目的。證物室的三道鐵門在張長弓面前形同無物，他強悍的身體接連將之撞開。

負責看守證物的巡捕瞄準這闖入的不速之客接連開槍，只可惜慌亂之中失了準星，連一槍都未曾射中。張長弓來到那名巡捕的面前，抓住對方的咽喉道：「翡翠九龍杯在什麼地方？」

那位巡捕嚇得如同抖篩一般，張長弓也不跟他多言，稍一用力就將他左手的食指拗斷，那巡捕痛得慘叫一聲，再也不敢堅持，顫聲道：「三層從左數，第四個櫃子……」

張長弓找到櫃子，壓根沒向巡捕討要鑰匙，只一拳就將約莫半寸的櫃門砸出一個大洞，他的手伸了進去，從中找到了一根鐵棍，還有層層包裹的一個杯子。

張長弓低聲道：「還不快滾！」

那巡警嚇得屁滾尿流，抬腳向外面逃去。

張長弓正準備離開，外面突然接連傳來槍聲，幾顆子彈都射中了張長弓的身體，還有一顆子彈射中了張長弓手中的九龍杯，張長弓忍痛衝了出去，騰空飛躍而起，手中的鐵棍擊打在對方的頭頂。來人正是程玉菲，她試圖阻止潛入者逃離，可是明明擊中了潛入者，對方卻仍然沒有倒下。

程玉菲被對方這一棍打得天旋地轉，噗通一聲跌到在了地上。

張長弓看了她一眼，本想舉步離開，可想了想，還是伸手將程玉菲拖了出去，在走出證物室的大門之後，掏出兩顆手雷扔了進去。

法租界巡捕房一片狼藉，這是在三年前越獄事件後發生得最嚴重的事件。

這一夜整個法租界都陷入混亂中，所有街道都被戒嚴。

凌晨兩點，葉青虹位於法租界的豪宅也被巡捕光顧，葉青虹帶著憤怒迎接了這些突然登門的巡捕，這次的深夜造訪是劉探長親自帶隊，他的臉色極其難看，不僅僅是因為沒睡好的緣故，更主要的原因是因為今晚的這場襲擊，這場明目張膽的洗劫讓整個巡捕房顏面全無。

上次如此狼狽還是三年前羅獵越獄的時候，他本以為這樣的事情不會再次發生，可沒想到居然又發生了一次，如果說還有一些幸運的話，那就是這次沒有人員死傷，可是他好不容易才找到的證物和翡翠九龍杯全都被劫，甚至連巡捕房的整個證物室都被炸掉了。他知道這意味著什麼？意味著他這個華總探長的位子保不住了，意味著他手下那麼多的兄弟可能都要失去飯碗。

如果不是出於憤怒，劉探長是不會做出這種深夜搜捕的行動，他不是不知道此間主人和法國領事的關係。

葉青虹道：「劉探長這麼晚登門什麼意思？」

劉探長向她出示搜查令，然後道：「葉小姐，請問羅獵先生在不在府上？」

葉青虹道：「他陪女兒已經睡了，有什麼事跟我說。」

劉探長道：「勞煩葉小姐叫醒羅先生，今晚我們需要在貴府展開搜查，得罪之處還望海涵！」他大聲道：「兄弟們，給我搜，不可以放過任何一個角落。」

「是！」隨同他前來的二十多名巡警齊齊答道。

葉青虹怒道：「我看誰敢！」

樓上忽然傳來羅獵的聲音：「青虹，什麼事情啊？」卻是羅獵穿著睡衣出現在二樓。

劉探長抬頭望著羅獵：「羅先生，吵醒您了！」

羅獵笑道：「原來是劉探長啊，這麼晚了，您不休息，跑這兒來幹什麼？」

劉探長道：「我們是勞碌命，一年到頭沒有休息的時候，只要有案子就得查，羅先生，剛跟葉小姐說了，我們需要您配合調查一些事情。」

羅獵微笑道：「好啊，青虹，你去陪女兒，別讓有些不開眼的傢伙嚇著了她，這邊我來料理。」

葉青虹應了一聲，臨走之前向劉探長道：「如果證明你在無理取鬧，你這個華探總長就別想幹了。」

劉探長道：「多謝提醒。」其實他心中明白，今晚的事情過後，就算自己想幹也幹不成了。

這場搜查一直持續了四個小時，這群巡警幾乎搜遍了所有角落，也沒有找到他們想要的東西，劉探長在知道結果後並沒打算就此甘休，他要求羅獵回去配合調查。羅獵沒有表現出任何的抗拒，換好衣服，隨同他們一起回到了巡捕房。

來到法租界巡捕房的時候已天亮，整個法租界巡捕房仍是硝煙瀰漫，羅獵看到院落中被燒得只剩下鋼鐵骨架的三輛汽車，這都是他的傑作，表面上仍然做出一副震驚的樣子：「劉探長，你們這裡究竟發生了什麼？好像打過仗一樣。」

劉探長道：「羅先生是明白人。」

羅獵笑道：「我其實沒那麼明白。」

羅獵被帶到巡捕房之後並沒有馬上接受訊問，而是先採取了他的血樣，因為昨天潛入者在巡捕房內中了槍，現場也留下了不少的血跡，採取羅獵血樣的目的是為了和現場血跡做一個對比。

羅獵始終表現得非常配合，因為目前缺乏證據，劉探長還是將他帶到了自己的辦公室。

羅獵將止血棉球扔在一旁的垃圾桶內：「劉探長有什麼問題儘管提問吧。」

劉探長道：「我本來有許多問題想問，可現在卻不知從何問起了。」

羅獵笑道：「您只管問，我保證有問必答。」

劉探長道：「昨晚的事情是不是你做的？」

羅獵搖了搖頭道：「話不能亂說，我可以提供所有不在場的證據，你剛剛也採了我的血樣，等結果出來，一切不就清楚了？」

劉探長點了點頭，血樣結果沒出來之前，他還真不好說什麼，他的手不安地轉動著鋼筆，低聲道：「三年多以前你曾經被關在這座巡捕房。」

羅獵道：「四年了吧，劉探長的記性不太好。」

劉探長道：「就算我記性不好，也忘不了，我這輩子栽過最大的跟頭。」

羅獵道：「事實證明，當年你們冤枉了我。」

劉探長道：「我們死了好多人。」

羅獵道：「如果那次沒有人救我，是不是我已被你們當成殺人犯給斃了？」

劉探長手中的鋼筆在桌面上重重敲了兩下：「過去的事情就過去了，我承認當年抓錯了人，你也很有本事，能夠將越獄的事情抹得一乾二淨，沒有承擔任何的責任。」他停頓了一下方才道：「我只是想不到，我這輩子還會經歷一次幾乎同樣的事情，我的巡捕房被人給洗劫了，我成了整個黃浦最大的笑話。」

羅獵道：「劉探長是不是得罪過什麼人？」

「我想來想去，我最可能得罪的人就是你。」

羅獵笑了起來：「我可沒這麼認為，劉探長人不錯，在法租界口碑一直都很好，雖然辦案能力差了點，可對待租界的百姓，對待你的下屬一直都很好。」

劉探長道：「這個世道好人難做啊！」

羅獵道：「劉探長有沒有冤枉過好人？」

劉探長打量著羅獵，他本想說什麼，卻被桌上的電話鈴聲打斷，拿起電話，聽了一會兒，他的表情變得越發沉重了，兩道眉毛也擰在了一起，他將電話緩緩放下，雙目望著羅獵道：「血樣的結果出來了。」

羅獵微笑道：「我想我可以走了。」

劉探長道：「血樣雖然不符，可是並不代表你沒做過。」

羅獵起身道：「凡事都要講究證據，劉探長，我奉勸您一句，沒證據的事情千萬不可以亂說，否則以後連朋友都沒得做。」

劉探長道：「我這樣的人只怕和羅先生做不成朋友。」

羅獵道：「我走了！」

「請便！」劉探長癱坐在座椅內，整個人就像被人突然抽去了脊樑。

羅獵緩步走出巡捕房，在一樓遇到了頭上裹著紗布的程玉菲，兩人迎面相逢，都愣了一下，羅獵並不知道程玉菲受傷。

程玉菲看羅獵的目光極其複雜。

羅獵關切道：「程小姐，您這是怎麼了？」

程玉菲道：「羅先生是明知故問嗎？」

羅獵道：「無論程小姐怎麼想，我還是把您當成我的朋友，朋友之間表示一下關心也是應該的。」

程玉菲道：「羅先生，您真的很厲害，可以不動聲色地催眠一個人。」

羅獵道：「證據呢？」

程玉菲道：「我只是不明白您為什麼要幫助周曉蝶脫罪，這些證據完全可以證明她有罪，她就是綢緞莊縱火案的真凶！」

羅獵道：「我不是巡捕，也不偵探，我對案情沒有發言權，我也不懂，可是我瞭解我的朋友，我也相信我的朋友。」他說完這番話，舉步向門外走去。

程玉菲咬了咬嘴唇，終於還是追了出去，在門外叫住羅獵道：「羅先生，那個襲擊我的人根本不怕子彈！」

羅獵轉過身去，望著程玉菲道：「程小姐真是幸運。」

「羅獵！」程玉菲這次直接叫了羅獵的名字。

羅獵並沒有停下腳步，因為葉青虹就站在門前，她笑盈盈望著羅獵，看到羅獵完好無恙地走出巡捕房，她俏皮地歪了歪頭，然後快步迎了上去，挽住羅獵的手臂，嬌聲道：「他們有沒有為難你？」

羅獵搖了搖頭。

兩人上了車，葉青虹道：「全都安排好了，不會有任何問題。」

羅獵道：「萬幸沒有死人。」

葉青虹向車窗外看了一眼道：「程玉菲受傷了？」

羅獵道：「意外吧，她這個人做事很認真，在探案方面的確很有一套。」

葉青虹道：「這個跟頭栽得只怕不輕。」

羅獵道：「巡捕房麻煩了，劉探長是個好人，這次的事情把他逼到了絕境，連他手下的那幫人都要丟掉飯碗了。」

葉青虹道：「誰讓他跟你作對。」

羅獵輕輕拍了拍葉青虹的手背道：「其實也沒必要把事情做得太絕，這周你不是要在家裡聚餐？」

葉青虹點了點頭，這個周日她邀請了法租界的一些頭面人物來家裡吃飯，順便談談籌建慈善基金會的事情，法國領事蒙佩羅也在她的邀請之列。

羅獵道：「把劉探長叫上。」

葉青虹知道他的心意，想要通過這次聚會幫助劉探長美言幾句，進而緩和劉探長和法國領事之間的關係，她在羅獵的手上打了一下道：「你啊，就是心好，不記得之前他怎麼折騰你的了？」

白雲飛坐在花園中翻看著報紙，其實頭版的新聞他都知道了，只是流覽了幾眼，然後就丟到了一邊：「常福，備車，送我去醫院。」

「是，老爺！」

白雲飛去醫院探望安翟，其實安翟在他心中的地位並沒有那麼重要，過去關照安翟，還是看在羅獵的面子上，這次發生綢緞莊火災，白雲飛首先想到的是報復，他並不認為這件事和安翟的關係有多大，因為安翟在他眼中只是一個不起眼的小人物。

白雲飛一度覺得這兩口子是受了羅獵連累，他甚至懷疑和藍磨坊的地皮有關。可事情發展卻超乎了白雲飛意料之外，現在消息滿天飛，居然牽出瞎子是盜門第一高手陳九梅的外孫子。翡翠九龍杯和東山經的浮出水面，更是振奮人心。

身為法租界的華董，白雲飛也聽到了許許多多的小道消息。

白雲飛的車剛到醫院，他就看到了幾個熟悉的面孔，這其中有開山幫的人，也有其他幾個幫派，他隱然覺得這些人的到來應當和安翟有關。匹夫無罪懷璧其罪，翡翠九龍杯和東山經當年讓整個盜門陷入一場劫難，幾乎被清廷滅門，而陳九梅從此音訊全無。這兩樣寶貝中的任何一樣都可能重新引來一場血雨腥風。

白雲飛在醫院也佈置了人手，停車的時候，他看到了羅獵的汽車，知道羅獵也已經來了，向常福道：「去查查，這些出沒醫院的江湖人物都是什麼來路，法租界的事情可容不得外人插手。」

羅獵正在和剛到的腦科專家探討瞎子的病情，今天確定手術方案之後，最遲後天就可以為瞎子進行二次手術。

白雲飛直接進入了瞎子的病房，病房內張長弓在負責陪護，看到白雲飛，張長弓起身笑了笑道：「穆先生來了！」

白雲飛微笑著和張長弓打了個招呼，來到瞎子床邊，將手中的果籃放在床頭櫃上，親切道：「安翟，今天感覺怎麼樣啊？」

瞎子歎了口氣道：「還能怎麼樣？我看不見，也想不起來，你們對我都不錯，都說是我朋友，可我一個都想不起來，我簡直成了一個廢物。」

白雲飛道：「吃不吃水果？」

瞎子搖了搖頭。

白雲飛拿起一個蘋果飛快地削了起來，削得又快又好，白雲飛道：「我小的時候，我媽開了個水果攤，打小我就跟著幫忙，所以練就了一手削水果皮的絕活兒，只削不吃。」他將削好的水果遞給了瞎子。

「吃不起啊，我那時就知道，這水果攤是我們娘倆的一切生活來源，有了這個攤子，我們就能吃上飯，就能活下去，實在是嘴饞了，我就吃水果皮。」

瞎子道：「你也是受過苦的人啊。」

白雲飛笑道：「我比多半人受的苦都多，我本以為水果攤能夠讓我們娘倆吃上飯，哪怕是餓一頓飽一頓，至少我能跟我娘生活在一起，可很快我就明白，這樣的世道根本就沒有什麼保障。」

瞎子點了點頭，別說一個水果攤，就算是有家財萬貫，在這樣動盪的亂世也談不上保障。

白雲飛道：「我娘實在是養不了我了，於是狠心讓我學了戲。」

瞎子道：「穆先生還唱過戲？」他過去其實是知道的，可現在忘了。

白雲飛道：「其實眼睛看不到東西也不是什麼壞事，眼不見為淨，忘了過去的事情也就忘掉了許多煩惱。」

瞎子道：「我都忘了自己是誰！」

白雲飛拍了拍瞎子的肩膀：「好好休息。」

白雲飛來到病房外，正看到迎面走來的羅獵，他微笑點頭道：「羅老弟！」

羅獵笑道：「您今兒這麼早啊？」

白雲飛道：「閑著也是閑著，不瞞你說，我看人只是個藉口，主要是來跟老弟商量點事。」

羅獵心想這白雲飛倒是坦白，指了指外面的花園道：「咱們外面說話。」

兩人來到花園的連椅上坐下，白雲飛掏出煙盒，羅獵擺了擺手，白雲飛見他不抽，也將煙盒收了起來，輕聲道：「安翟好像什麼都忘了。」

羅獵歎了口氣道：「我跟新來的腦科專家討論過，他恢復記憶的可能是五五開。」

白雲飛道：「那不是說有可能一輩子都記不起過去的事情了？」

羅獵道：「對他來說未必是什麼壞事。」

白雲飛的目光朝遠方看了看，低聲道：「周圍有不少雙眼監視著咱們呢。」

羅獵笑了起來，其實他早就留意到了這件事，在監視他們的人中，有員警，也有江湖中人，這其中多半都是為了瞎子而來。

白雲飛意味深長道：「匹夫無罪，懷璧其罪。」

羅獵道：「你也聽到了一些風言風語？」

「空穴來風未必無因。」

羅獵道：「說句你未必相信的話，我和瞎子從小玩到大，連我都不知道他的外婆是什麼盜門第一高手陳九梅。」

白雲飛道：「我信，每個人都有秘密，有些秘密連最親的人都不能告訴。」

羅獵道：「翡翠九龍杯，東山經，這兩樣東西隨便拿出一樣都會掀起一場血雨腥風。」

白雲飛道：「昨天法租界巡捕房被人給公然洗劫，證物室被炸，所有證據不知去向，尤其是關於周曉蝶的。丟失的最重要的一樣東西，就是翡翠九龍杯。」

羅獵道：「居然有人膽敢在法租界動手。」

白雲飛笑道：「你就敢！」

羅獵不露聲色道：「我雖然沒什麼錢，可翡翠九龍杯還不放在眼裡。」

白雲飛道：「你是見過大世面的人，別的不說，單單是圓明園的底下，隨便帶出來一樣東西都不比九龍杯差多少，可你又是個重情重義的人，如果看到朋友有難，肯定會不惜一切代價去幫忙。」

羅獵笑了起來，白雲飛的這話也對也不對，圓明園地宮內的東西雖然珍貴，可翡翠九龍杯放在裡面也算得上珍品，不過白雲飛的後半句話倒是沒有說錯。

白雲飛道：「我聽說劉探長昨晚連夜去搜查了你的住處。」

羅獵道：「例行調查，嫌疑已經排除了。」

白雲飛壓低聲音道：「不瞞你說，我也覺得是你幹的。」

羅獵道：「我只能清者自清嘍。」

白雲飛道：「做成一件事，要看動機，還要看能力。在我認識的人中，在目前的法租界，同時擁有這兩樣東西的人只有你。」

羅獵微笑道：「還好，你不是總華探長。」

白雲飛哈哈大笑了起來，他終於忍不住又把煙盒取了出來，點了一支煙，抽了口煙道：「就算證據被毀，周曉蝶暫時躲過了指控，可他們兩口子的狀況也不容樂觀，現在許多勢力都盯上了他們，我在醫院周圍佈置了許多人手，以備不時之需。」

羅獵道：「目前還都只是傳言，什麼翡翠九龍杯，什麼東山經，誰又見到了？說瞎子的外婆是陳九梅，現在人都死了，又拿什麼證明？」

白雲飛道：「陳九梅是盜門第一高手，當年她盜走這兩樣寶貝之後就遠走高飛，從此不知所蹤，清廷將這筆帳於是算在了盜門的頭上，這幾十年盜門被不停剿殺，人才凋零。直到滿清滅亡，方才停下對盜門的打壓，盜門才慢慢恢復了一些元氣，盜門上上下下無不對陳九梅恨之入骨。」

羅獵點了點頭道：「此事我倒也聽說過。」

白雲飛道：「就算沒有這兩樣寶貝，盜門如果知道陳九梅還有一個外孫在世上，也一定會趕盡殺絕。」

羅獵當然知道瞎子現在的處境，陳九梅之所以留下翡翠九龍杯和東山經，現在看來反倒是後人的保障。瞎子現在沒有恢復記憶，應當想不起翡翠九龍杯和東山經到底藏在什麼地方，可一旦他恢復了記憶，後果將不堪設想。

羅獵道：「你有沒有想過，這兩樣東西其實已經讓人給盜走，否則因何在事後放出這樣的風聲，將所有的矛盾都聚集在瞎子的身上。」

白雲飛道：「確有這種可能。」

羅獵道：「你對這兩樣東西也有興趣？」

白雲飛道：「若說沒有興趣，連我自己都不會相信。」

羅獵道：「其實這兩樣東西無論落在誰的手裡都會成為燙手山芋，如果想睡得安穩，還是別打它們的主意。」

瞎子的手術決定在下週二進行，按照腦科專家的說法，手術後他恢復視力應該沒有任何問題，可記憶就要看實際恢復情況了，不過肯定要比過去好，畢竟已經將他顱內的血腫取出，壓迫症狀緩解會帶來一系列的改善。

第二章

不知去向

白雲飛揭開白色床單，下面躺著一個白髮蒼蒼的老者，
白雲飛瞪圓了雙目，發狂地將蒙在所有屍體上的白布一一掀開，
很快他就明白這太平間內根本就沒有瞎子的屍體，
瞎子早已不知去向。

周日的中午，葉青虹在府邸設宴招待法國領事蒙佩羅一家，在受邀之列的還有白雲飛。張凌空原本並不在葉青虹的邀請之列，可是蒙佩羅專門提出邀請張凌空，葉青虹聽聞此事就知道張凌空一定和蒙佩羅有所聯繫。

白雲飛抵達的時候，蒙佩羅夫婦已經先行到來，他們在葉青虹的陪同下前往參觀莊園。身為男主人的羅獵負責接待其他人，白雲飛看到了劉探長夫婦，心中頗有些納悶，不是劉探長此前率眾搜查了這裡，還把羅獵帶走調查，按理說他們的關係應該是對立才對，怎麼也在今天的受邀之列？

白雲飛很快就意識到天下間沒有永遠的敵人，只有共同的利益，從劉探長和羅獵談笑風生的樣子，就明白劉探長的去職危機已經解除。

白雲飛笑道：「今天還真是貴賓盈門啊。」

羅獵道：「都是自己人，約起來聊聊天打打牌。」

此時張凌空也到了，他是一個人過來的，一下車就笑道：「羅先生，我來晚了，我來晚了。」

羅獵走過去和張凌空握了握手道：「張先生來得一點都不晚，比約定時間還早到了半個小時呢。」

張凌空笑道：「我是迫不及待和羅先生見面呢。」

白雲飛暗罵這廝虛偽，從張凌空今天的態度就能看出他被扼住了咽喉，藍磨坊那塊地皮的所有權讓這廝不得不放低姿態，張凌空的出現讓白雲飛感到警惕，他問過羅獵，之所以請張凌空過來完全是因為蒙佩羅的授意，也就是說張凌空私下已經做通了法國領事的關係，蒙佩羅讓他過來，很有可能要出面當和事老。

張凌空又向白雲飛道：「穆先生，咱們回頭可要多喝幾杯。」

白雲飛微笑道：「那就得借羅老弟的酒了。」

羅獵笑道：「酒多得是，兩位敞開了喝。」

劉探長雖然是法租界的巡警頭目，可論到地位還遠沒到和這幫人平起平坐的地步，對於羅獵的邀約，他也感到有些受寵若驚，原本以為巡捕房發生了這麼大的事情，自己肯定烏紗不保，卻沒想到蒙佩羅居然放過了他，只將負責消防的副警長撤職，劉探長等於躲過了這場危機，他又不是傻子，知道蒙佩羅之所以放過他，完全是因為葉青虹斡旋的緣故，而葉青虹是羅獵的未婚妻，羅獵不發話，她肯定不會為自己幫忙。

劉探長雖然辦案能力不行，可是論到社會閱歷卻是一把好手，他現在是心明眼亮，綢緞莊的案子乾脆束之高閣，這年頭多一事不如少一事，保住職位才能保住飯碗。

此時法國領事蒙佩羅夫婦在葉青虹的陪同下回來，葉青虹邀請眾人入席，羅獵向劉探長夫婦道：「劉探長，嫂夫人請坐。」

劉探長受寵若驚道：「羅老弟先請，羅老弟先請。」

看到劉探長的樣子，葉青虹心中暗暗發笑，其實她剛開始對羅獵這種以德報怨的做法是不同意的，可現在她已經明白了羅獵的用意，論到心機和智慧自己可比不上羅獵，也難怪自己這輩子都被他吃得死死的。

劉探長夫婦很少參加這種西式的酒會，面對刀叉泛起了愁，葉青虹做事周到，細心地為每位客人又準備了筷子，想用什麼工具吃飯全憑喜好。

蒙佩羅道：「阿佳妮是我的學生，當時就是班裡最聰明最美麗的一個女孩兒，人還特別乖巧可愛，我當時就說過，她將來一定會有一番了不起的成就。」

張凌空笑道：「都說名師出高徒，我今天算是見識了。」

葉青虹微笑道：「快別這麼說了，再誇我，我都坐不住了。」她端起紅酒道：「歡迎各位貴客能夠蒞臨寒舍，我和羅獵僅以這杯薄酒歡迎大家到來。」

白雲飛道：「謝謝葉小姐，謝謝羅先生。」

眾人一起喝了口酒，葉青虹向蒙佩羅介紹，今天的主廚是特地從黃浦公共租界聘請的法國廚師，雖然他們是在法租界，可最好的法國餐廳卻是在公共租界。

葉青虹對法國文化的瞭解很深，有了她的介紹，像白雲飛和劉探長夫婦這樣的門外漢也明白了許多。

蒙佩羅夫婦對今天的法餐極其滿意，席間讚不絕口，頻頻舉杯和眾人乾杯，

劉探長找了個機會向蒙佩羅敬酒，蒙佩羅跟他碰了碰酒杯，抿了口酒道：「劉，我一直都不知道你和羅先生是好朋友，羅先生在我面前說了你不少的好話。」

蒙佩羅是在敲打他，讓他明白這次之所以能夠保住烏紗全都是羅獵的緣故，

劉探長道：「卑職明白，領事先生，以後卑職一定竭盡全力做好本職工作，維護租界治安，讓整個租界安定祥和。」

蒙佩羅哈哈大笑，其實對他來說誰當這個巡捕房的頭目都一樣，以華制華是他們的管理原則，在這片土地上，他們需要的是利益的最大化。

午餐之後，蒙佩羅特地將葉青虹和張凌空叫到了一起，他微笑道：「阿佳妮，我聽說張先生投資新世界的地皮所有權屬於你？」

從張凌空出現，葉青虹就知道早晚會探討到這件事，她笑了笑道：「不全是，確切地說，我擁有部分土地的所有權。」

蒙佩羅道：「張先生有意收購你的這塊地皮呢。」

張凌空臉上保持著禮貌的微笑，他擔心葉青虹和白雲飛會聯手在這塊地皮上

做文章，也清楚想順利地談下這件事很難，考慮再三決定採取迂迴策略，通過先搞定蒙佩羅，然後由蒙佩羅出面協調，只要蒙佩羅開口，葉青虹肯定不好拒絕。

葉青虹道：「好說啊。」

張凌空道：「葉小姐，不如我用高出市價百分之三十的價格來收購，你看如何？」其實他在此前已經通過張凌峰提出過這個收購方案，葉青虹當時並沒有答應，張凌空決定趁熱打鐵，當著蒙佩羅的面把這件事敲定。

葉青虹道：「張先生真是客氣了，雖然有我老師在這裡，我也不能占您這麼大的便宜，這樣吧，地我可以賣給您，不過還是不要用現金的方式了，您在公共租界有一個虞浦碼頭，不如我們交換如何？」

張凌空愣了一下，葉青虹果然早有準備，虞浦碼頭是他們張家新近購買的諸多碼頭之一，不過這碼頭似乎並沒有太多價值，因為碼頭的規模有限，前來停靠的都是一些普通漁船和小型貨船，張凌空在心中暗自評估了一下兩塊地的價值，至少目前來看他是占了便宜。

張凌空笑道：「葉小姐也對航運有興趣？」

葉青虹道：「我就是喜歡那地方，想改造一下做成私人碼頭。」

張凌空心想你還真是有錢，虞浦碼頭再不濟，也能夠依靠貨運航運固定賺取利益，你改造成私人碼頭是想停放遊船嗎？真是奢侈。他點了點頭道：「好啊，就這麼定了。」

葉青虹道：「我明天就派人接收。」

蒙佩羅見在自己的斡旋下，兩人達成了協定，自己臉上固然有光，而且張凌空此前給他送的厚禮也可以心安理得地收下，自然笑顏逐開。

白雲飛遠遠望著他們三人共同舉杯，低聲向羅獵道：「我敢打賭，張凌空一定給蒙佩羅送了不少。」

羅獵笑了起來：「當初可是你把藍磨坊賣給他的，現在想讓青虹把地收回，再將他趕出去嗎？」

白雲飛歎了口氣，他知道蒙佩羅開口，葉青虹肯定難以拒絕，把地皮賣給張凌空，就等於默許張凌空把手伸到了法租界，而更讓他擔心的是張凌空和蒙佩羅之間的關係，自己需要加一把力了，不然下一屆的華董或許輪不到自己的頭上。

葉青虹向白雲飛招了招手，羅獵道：「叫你過去呢。」

白雲飛端著酒杯走了過去，葉青虹則向羅獵走了過去，和白雲飛擦肩而過的時候，她笑著向白雲飛擠了擠眼。

白雲飛來到蒙佩羅的面前，蒙佩羅向張凌空道：「穆是我的好朋友，我也希望你們兩個成為好朋友，你們中國人最常說的一句話就是和氣生財，大家和和氣氣地把錢賺了，才是為商之道。」

白雲飛和張凌空彼此對望了一眼，兩人都笑了起來，可誰都看出對方笑得並不由衷。

蒙佩羅舉起酒杯分別跟他們碰了一下道：「我希望，在法租界，大家可以精誠合作，把法租界變成黃浦最繁華最和平的地方。」

葉青虹向羅獵道：「張凌空在我老師的身上花了不小的代價。」

羅獵道：「有錢能使鬼推磨。」

葉青虹道：「我有錢，怎麼不見你聽我的？」

羅獵笑道：「你再這麼說，我在你面前會感到自卑的。」

葉青虹呸了一聲道：「我才自卑好不好，人家不知道有多崇拜你。」

羅獵跟她碰了碰酒杯，喝了口酒道：「地賣給他了？」

葉青虹道：「你不是說那塊地是燙手山芋，咱們沒必要給人家當槍使嗎？」

羅獵點了點頭道：「這種是非還是不介入的好。」

這場午餐眾人皆盡興而歸，可以說是每個人都達到了自己的目的，白雲飛和張淩空來到停車場準備上車的時候，張淩空叫住了白雲飛：「穆先生，有件事我不知您有沒有聽說？」

白雲飛道：「什麼事情啊？」

張淩空道：「東山經，有人說東山經最近出現了，東山經可是記載中華龍脈所在的一本奇書，誰擁有了這本書就等於擁有了無窮無盡的財富，也就擁有了逐鹿天下的資本。」

白雲飛笑了起來：「這麼荒唐的事情你也相信？」

張淩空道：「總有人信啊！」他向遠處向眾人揮手道別的羅獵和葉青虹看了一眼道：「這東山經可是個大麻煩啊。」

白雲飛道：「既然是麻煩，不碰為妙，不碰為妙啊！」

手術當天，羅獵和葉青虹早早就來到醫院。看得出醫院到處都佈滿了眼線，葉青虹抓住羅獵的大手，羅獵道：「不用緊張，這裡是醫院，他們翻不起什麼風浪。」

在手術室前，他們居然遇到了白雲飛，白雲飛神情緊張，向羅獵道：「我收到消息，盜門高手全部出動，他們對安翟志在必得。」

羅獵點了點頭。

安翟已經被人從病房內推了出來，羅獵走了過去，來到推車前，握住安翟的手道：「瞎子，別害怕，手術成功，我們等你康復。」

安翟點了點頭，他忽然道：「我……我想見見我老婆……」

羅獵面露難色，今天一早，醫院已經將周曉蝶移交給了巡捕房，雖然證據不足，可是周曉蝶仍然會被例行調查。葉青虹道：「你放心吧，等你手術回來就能見到她了。」

白雲飛也走了過來：「安翟，放寬心，我們都等著你手術成功的消息。」

羅獵對白雲飛的這番話卻是一點都不相信，白雲飛和安翟可沒有那麼深的交情，頻繁前來醫院的真正原因只有一個，他也想從瞎子那裡得到東山經的下落。

目送瞎子進入了手術室，白雲飛向羅獵道：「這劉探長可真不夠意思，居然把周曉蝶又給抓了起來？」

羅獵道：「不是抓，只是請去協助調查，他也是職責所在身不由己。」

白雲飛道：「希望安翟能夠平安無事。」

周曉蝶坐在車內，她的情緒非常低落，雖然她知道自己的境況有了改變，也知道當初可以將她治罪的證據不存在了，可她仍然感到不安，不安來自於今天瞎子的這場手術。周曉蝶祈求過希望他們等瞎子的手術結束之後再將自己帶走，可是這些人根本無視她的要求。

周曉蝶被帶走的時候還遇到了羅獵和葉青虹，她本以為他們會幫助自己，可羅獵和葉青虹彷彿沒看到自己一樣就擦肩而過，周曉蝶意識到自己是個麻煩，這個世界上錦上添花的人太多，而雪中送炭的人太少，羅獵他們也不例外，更何況他們跟自己原本就沒什麼交情，對自己好也是看在瞎子的面子上。

汽車在拐入前方街道的時候，突然一輛黃包車衝了過來，司機發現的時候踩剎車已經來不及了，汽車撞在黃包車上，將黃包車撞得立時散了架，那車夫也被撞得飛了出去，重重跌倒在了青石板地面上。

幾名巡捕看到出了事，除了一名負責看守周曉蝶的巡捕外，其他人都推開車門走了下去，來到那車夫面前，看到那車夫一動不動，誰都不知道他是否活著，一名巡捕壯著膽子用手碰了碰那車夫，車夫突然一拳擊中了他的面門，車夫出手如同閃電，轉瞬之間已經將三名巡捕盡數擊暈在地。

那名在車內的巡捕看到出了事，掏出手槍準備射擊，冷不防從車底一隻手臂伸了出來，抓住他的手腕將他重摔在地，不等巡捕爬起，一拳將他打暈過去。

這兩人行動迅速，以最快的速度，將四名巡捕拖到一旁的房門內扔了進去，銬住他們將房門鎖上。

黃包車夫已經上了汽車，周曉蝶尖叫道：「救命！」

另外一人也拉開車門上了車，向周曉蝶道：「別叫，是我們！」

周曉蝶這才認出來人是張長弓和鐵娃，剛才的黃包車夫就是張長弓所扮演，周曉蝶頓時停住了呼喊，充滿疑惑道：「你們……你們這是……」

張長弓已經啟動了汽車，鐵娃道：「周姐姐，您別急，我們是救你來了。」

周曉蝶道：「救我？我沒事啊，警方說過，我的嫌疑都已經洗清了，今天去巡捕房是為了配合調查，只要把所有的事情說清楚，我就可以回家了。」

鐵娃道：「羅叔叔說，您必須要走，現在就得走。」

周曉蝶道：「為什麼？我老公還在醫院，他正在開刀，我不可以走，我必須要去看他，我要照顧他。」

張長弓道：「安翟有羅獵他們照顧，你只管放心吧，你不能繼續留在黃浦，就算警方不找你麻煩，那些幫派勢力也不會放過你們，你必須出去避避風頭。」

周曉蝶哭出聲來：「我不走，我老公還在這裡，我哪兒都不去。」

張長弓道：「你放心吧，我們很快就會送他前往和你會合，你們不能一起走，必須要分頭行動，詳細的事情，等有機會我再向你解釋。」

瞎子被推進了手術室，進去了足足有兩個小時，看到那位外國腦科專家走了出來，他耷拉著腦袋，羅獵和白雲飛慌忙迎了過去，羅獵道：「醫生，我朋友怎麼樣？」

那位腦科專家搖了搖頭，操著生硬的中國話道：「對不起，我盡力了……」

羅獵怒道：「你說什麼？什麼叫盡力了？我朋友好端端地進去，我要你把好好地交給我！」

那位腦科專家攤開雙手聳了聳肩：「我已經將手術的風險事先說得很清楚，傷者在術中出現了大出血，我也沒有辦法……」

羅獵被激怒了，宛如一頭暴怒的獅子衝向那腦科專家，葉青虹慌忙過來將他抱住：「羅獵，你冷靜，你冷靜一下好不好？」

此時兩名護士推著推車走了出來，車上躺著的人用白布從頭到腳都裹得嚴嚴實實。

白雲飛趁著其他人沒注意，迎了過去，掀開白色的被單，下面果然就是安翟，安翟一動不動，白雲飛抓住安翟的手腕：「瞎子，瞎子……」他對瞎子可沒有那麼深的感情，他是在確定瞎子到底有沒有死？

羅獵也衝了過來，撲在瞎子的身上，虎目含淚道：「瞎子，你醒醒，你醒醒，是我啊，你答應我要參加我婚禮的，你答應過我要和我一輩子做兄弟的……瞎子……」

羅獵這一哭，白雲飛反倒不好意思了，他和羅獵一個真心一個假意，瞎子的死對自己來說一點傷感都沒有，他只是失落，瞎子一死，等於東山經的線索全部中斷，白雲飛本以為自己最可能得到東山經，而現在等於變成了泡影。

葉青虹好不容易才勸住了羅獵，白雲飛眼看著瞎子的屍體被送入了太平間，葉青虹看到羅獵的情緒過於激動，讓白雲飛去幫忙辦理死亡手續。

白雲飛雖然心中不情願，可今天是自己主動送上來的，也只能將瞎子的好友冒充到底。

等全部手續辦完已經是下午了，白雲飛回去找羅獵和葉青虹，聽說兩人一起出去了。白雲飛心中暗歎，看來羅獵這次受到的打擊不小，經過醫生辦公室的時候，他決定進去問問手術過程，這人怎麼說沒就沒了。可進去一問，那位腦科專家已經走了。

白雲飛拿了死亡通知單出門，準備將這些東西全都交給羅獵，卻見常福慌慌張張走了過來，來到他身邊低聲道：「老爺，不好了，周曉蝶前往巡捕房的途中被人給劫持了。」

白雲飛內心一怔：「你說什麼？」

常福道：「周曉蝶她被人給劫了。」

白雲飛木立在原地，過了一會兒，他拿起那張死亡通知單，確信上面寫的是安翟的名字，然後大步向太平間走去。

太平間是不許外人入內的，白雲飛看到那看門人想攔自己，揚手就是一個耳光，打得那看門人七葷八素，然後推開看門人走了進去，他找到了屬於安翟的那張床，看到白布覆蓋的屍體仍然躺在那裡。

白雲飛深深吸了口氣，伸手揭開了白色床單，下面躺著的分明是一個白髮蒼蒼的老者，白雲飛瞪圓了雙目，他發狂一樣將蒙在所有屍體上的白布一一掀開，很快他就明白這太平間內根本就沒有瞎子的屍體，瞎子早已不知去向。

瞎子醒來，發現自己躺在一個晃晃悠悠的地方，耳邊還能夠聽到陣陣濤聲，他愕然道：「我……我這是在什麼地方？」

耳邊傳來一個聲音道：「瞎子，你在船上。」

「我為什麼在船上？」

「你不記得我了？我是阿諾，我是你的好朋友。」

瞎子看不到，也想不起來，他搖了搖頭：「我不認識你，我要回家。」

一個帶著哭腔的聲音從外面傳來：「老公，是你嗎？是你嗎？」

阿諾來到甲板上，他還帶著醫用口罩，摘下口罩，向站在船頭的張長弓笑道：「老張，我不是記得，你最害怕就是出海嗎？」

張長弓歎了口氣道：「我其實已經有點暈船了，可這次沒辦法，為了這麻煩的傢伙，必須要出一趟遠門。」

鐵娃指了指他們的身後道：「那裡是虞浦碼頭吧？已經變得這麼小了！」

阿諾道：「來去匆匆，我都沒來得及和羅獵好好喝上一場。」

張長弓拍了拍他的肩頭道：「咱們很快就會回來，對了，你對HONG KONG很熟啊？」

阿諾點了點頭道：「很熟，我在那裡生活過。」

張長弓道：「我們中國人的地方，你去過我沒去過，真是沒道理啊。」

羅獵和葉青虹坐在浦江岸邊的茶館內，兩人各自叫了一杯紅茶，葉青虹意味深長地望著羅獵，羅獵卻微笑望著虞浦碼頭的方向。

葉青虹道：「我從沒有想過，你的演技這麼好啊！」

羅獵轉臉望著葉青虹，掏出手帕擦了擦鼻子：「好久沒那麼哭過了。」

葉青虹道：「剛才看到你哭，我都想哭了，如果是我死了，你會不會哭得那麼傷……」羅獵不等她說完就伸手將她的櫻唇給捂住了，他從口袋中取出了一個精美的首飾盒，轉向葉青虹，在她的眼前打開，裡面是一枚地玄晶打造的戒指，羅獵道：「我本來想買鑽戒給你，可你太有錢，再大的鑽戒也顯得寒酸，於是我就自己打磨了一枚戒指，算不上名貴，也談不上精緻。」

羅獵望著葉青虹，她的秀髮上仍然插著那根木簪，還是在蒼白山的時候，自己為她雕刻的。

葉青虹望著那枚戒指，美眸已經濕潤，她咬了咬櫻唇道：「無緣無故的你送我戒指幹什麼？」

羅獵道：「我……」

葉青虹的美眸充滿了期待。

羅獵道：「我知道這樣可能對你不公平，可是……」

葉青虹道：「我怎麼想，你怎麼知道？」

羅獵道：「所以……」

「所以什麼？」葉青虹因羅獵的欲言又止感到生氣了。

羅獵笑了笑：「謝謝你為小彩虹做的一切，戒指就算我的一點小小心意。」

葉青虹瞪圓了雙眸，她想聽的不是這些，她以為羅獵知道，以為在他們推心置腹地交談過後，羅獵應該放下了內心的顧忌，她不覺得有什麼不公平，雖然她知道羅獵在六年後仍將去赴九年之約，雖然她知道羅獵很可能一去不復返，可是她不會去想未來的事，正因為如此，她才更珍惜眼前在一起的時光，哪怕只有一天，哪怕明天世界就會終結，只要羅獵願意娶她，她都會毫不猶豫地嫁給羅獵。

葉青虹一直以為羅獵是這世上最勇敢的人，她無法接受到現在羅獵還在畏頭畏尾，雖然他很用心，雖然他拿出了這枚戒指，可這又算什麼？感謝？他們之間需要感謝嗎？

葉青虹起身離開，她並沒有接受那枚戒指，因為她知道自己要的是什麼，想聽到的是什麼，她相信羅獵一定清楚。

葉青虹希望羅獵追上來，哪怕是現在對她說聲對不起，現在開口說出她想聽的話，她也會破涕而笑，她也會毫不猶豫地戴上戒指，撲入他的懷中，可是羅獵仍然坐在那裡慢慢喝著紅茶。

葉青虹走出茶館的剎那流淚了，她過去不是個樣子，自己的多愁善感全都是因為這個可惡的傢伙。她擔心周圍人看到自己的窘態，低下頭，掏出手帕擦拭著眼淚，心中暗下決心，只要羅獵一天不把她想聽的話說出來，她就一天不理他。

她聞到了花香，這是玫瑰的香味，葉青虹抬起頭，看到小彩虹抱著一束紅豔豔的玫瑰，在對面望著自己。葉青虹愣了，她不知道小彩虹怎麼會出現在這裡？

小彩虹道：「媽媽，你怎麼哭了？」

葉青虹搖了搖頭道：「沒有，媽媽沒哭！」

小彩虹笑著將那束玫瑰花送到她面前，葉青虹抽了一下鼻子：「送我的？」

小彩虹道：「爸爸讓我送的！」

葉青虹咬了咬嘴唇，轉過身去，看到羅獵微笑出現在自己身後，葉青虹頓時明白了，她狠狠瞪了羅獵一眼道：「你這個壞蛋，居然串通女兒一起整我！」

羅獵來到葉青虹面前，單膝跪下，再度拿出了戒指，他抓住葉青虹的手想要給她戴上，葉青虹掙扎著，這混蛋什麼都沒說，不能糊裡糊塗把自己交代了。

羅獵道：「青虹，嫁給我好嗎？」

溫暖的聲音充滿了治癒的神奇力量，葉青虹卻因羅獵的話再也無法控制住眼淚，不停地哭。

小彩虹看到葉青虹在哭，還以為爸爸欺負了她，氣鼓鼓道：「爸爸，你別欺負媽媽，她不願意！」

葉青虹哭出聲來了：「我願意，我願意！」

羅獵給她戴上戒指，葉青虹張開雙臂，羅獵笑著將她擁入懷中。此時一朵朵煙花綻放在浦江的夜空之中，小彩虹欣喜萬分：「煙火，好漂亮的煙火。」

葉青虹被這美麗的煙花吸引住了，俏臉上充滿了驚喜和幸福，猶自掛著兩行清亮的淚珠：「你安排的？」

羅獵將她拉得更近一些，附在她耳邊道：「不這樣，怎能成功轉移小孩子的注意力？」他低下頭去，輕輕吻住葉青虹柔潤的唇……

程玉菲在虞浦碼頭見到了羅獵，羅獵正在指揮工人進行碼頭的改造工程，聽聞程玉菲前來，羅獵放下手頭的工作來見她。一天比一天熱，外面太陽火辣辣的，程玉菲打著傘，遮擋頭頂的陽光。

羅獵朝程玉菲笑了笑道：「屋裡坐吧。」

程玉菲跟著羅獵來到碼頭臨時的工程指揮部，羅獵遞給她一把摺扇，又給她泡了杯茶，然後才坐了下來：「程小姐今天怎麼有空？」

程玉菲道：「最近都很閑。」

羅獵喝了口茶道：「我記得程小姐手頭案子很多啊？」

程玉菲道：「自從綢緞莊的案子之後，我做什麼事都不順利，沒心情接案子了，給自己放個假倒也不錯。」

羅獵笑道：「人就得懂得自我調節，尤其是女人，沒事逛逛街買買東西，看場電影，絕不是浪費時間，人活著就得有點煙火氣。」

程玉菲展開摺扇輕輕搧了搧道：「這碼頭你買下了？」

羅獵道：「就算是吧。」

「有錢真好！」程玉菲感歎道。

羅獵聽出她話裡有話：「我沒什麼錢。」

程玉菲道：「忘了恭喜你了，我聽說你和葉小姐訂婚了？什麼時候喝喜酒啊，可別忘了請我。」

羅獵笑道：「這得看她的意思，她不喜歡排場的。」

程玉菲道：「能和相愛的人共度一生是一件幸福的事，可這世界上有情人終成眷屬實在是太少了。」她話鋒一轉道：「所以你們能夠結合才格外難得。」

羅獵道：「程小姐那麼優秀，將來意中人也定是位出類拔萃的青年才俊。」

程玉菲笑道：「借你吉言了，我如果像羅先生這麼幸福，一定格外珍惜現在的生活，有些麻煩肯定不會去招惹。」

羅獵道：「程小姐每句話都讓人回味，惹人深思。」

程玉菲道：「我做偵探這麼久，明白了一件事，天下間沒有絕對完美的犯罪，任何事情，都會有跡可循。」

羅獵微笑道：「說來聽聽。」

程玉菲道：「安翟和陳九梅的關係暴露之後，他就成為江湖中的眾矢之的，太多人想得到陳九梅留下的兩樣東西，所以安翟就算恢復了記憶，他的處境也必然危險。」

羅獵點了點頭道：「我也這麼認為。」

「所以安翟唯一能夠脫離危險的辦法就是將他秘密送出黃浦。」

羅獵道：「那應該用什麼方法把他送出去呢？」

程玉菲道：「想在眾目睽睽之下將他從醫院裡帶走的確很難，於是有人想到了在手術室內動手腳，買通做手術的醫生，在安翟進行手術的時候，對他注射藥物，讓他進入了假死狀態，對外宣稱手術失敗，成功騙過了一幫監視者的眼睛，然後又在最短的時間內將他從太平間轉移出去。同時，也沒有忘記安翟的太太周曉蝶，因為周曉蝶留在黃浦始終是個隱患，所以安排人在中途堵截巡捕的汽車，製造了劫持的假像。」

羅獵道：「聽起來好像很難辦到。」

程玉菲道：「對普通人來說很難，可是對你來說並不算難。」

羅獵笑了起來：「聽程小姐的意思，您是在懷疑我？」

程玉菲毫不掩飾地點了點頭。

羅獵道：「有證據嗎？我記得程小姐是最注重證據的人。」

程玉菲道：「這個世界上最關心安翟的人不是你嗎？」

羅獵道：「這也算證據？」

程玉菲道：「你當然不會承認！」

羅獵道：「沒做過的事情我為什麼要承認？程小姐，你剛剛說過，安翟已經成為眾矢之的，江湖上想得到他的人很多，我報過警了，我比任何人都急於找到他，你說得沒錯，我關心他。」

程玉菲道：「羅先生，我只想提醒您，別把所有人都當成傻子，有些事就算是目前沒有證據，可並不代表猜不到罪魁禍首。」

羅獵禮貌地點了點頭道：「猜？程小姐，這可是偵探的大忌，不符合您的職業操守。」

程玉菲用力搧了搧扇子，試圖通過這樣的動作來平復自己的內心情緒。

羅獵看了看時間：「程小姐，已經該吃午飯了，我知道附近有家魚館不錯，不知您是否願意賞光？」他本以為程玉菲會拒絕，卻想不到程玉菲居然點了點頭道：「好啊，反正我也餓了，不過，我可不可以帶上一位朋友？」

「好啊！歡迎之至。」

這世上有著太多的出乎意料，羅獵見到程玉菲這位朋友的時候，頓時明白程玉菲對自己的瞭解來自於何處。

三年不見，麻雀明顯變得成熟了許多，改變的並不是容顏，而是她由內而外的氣質，見到羅獵再沒有表現出過去的羞澀和強裝鎮定，而是一種淡漠和從容。

她向羅獵主動伸出手去：「對我這個不請自來的人，是不是不歡迎啊？」

羅獵伸出手握住麻雀的小手，微笑道：「我早就該想到的，你是燕京大學畢業，你也是燕京大學畢業，你們兩人早就認識對不對？」

程玉菲笑道：「不是認識那麼簡單，我們從小就在一起長大，都在一個院子裡，父母都是同事，我上學還是同桌，只是在大學後所學的專業不同。」

羅獵道：「所以程小姐關於我的那些事都是從麻雀這裡聽來的？」

程玉菲還未說話，麻雀道：「我從未說過關於你的任何事，對一個普通朋友，我也沒有和閨蜜探討的必要。」

程玉菲有些尷尬，她沒想到麻雀的態度會如此強硬，以她對心理學的研究，不難看出在麻雀和羅獵之間一定曾經有過不少的故事，聯想起他們現在各自的狀況，程玉菲其實是明白的。

還好羅獵並未因麻雀的態度而尷尬，他笑道：「我可把你當成好朋友呢。」

麻雀道：「這世上從不缺少一廂情願的事兒。」

程玉菲道：「坐吧，都站著幹什麼？」

三人一起坐下，羅獵要了菜單給她們，麻雀擺了擺手道：「你點吧，你是地主，我們兩人客隨主便。」

羅獵道：「那好，今天先隨便吃點，改天我再專門為你接風洗塵。」他點了這裡的幾樣特色菜，詢問酒水的時候，麻雀道：「我不喝酒，給我來杯龍井。」

程玉菲道：「老友重逢怎麼都得喝一點吧，要不來瓶石庫門？」

麻雀道：「你陪羅獵喝吧，我喝茶。」

因為麻雀的緣故，午宴的氛圍顯得有些生硬。羅獵主動開口詢問道：「什麼時候過來的？」

麻雀道：「半個月了。」

羅獵微微一怔：「這麼久了都不去找我？」

麻雀道：「不想打擾你的生活，對了，我聽說你和葉青虹訂婚了？」

羅獵道：「是啊。」

「祝福你們！」麻雀端起茶杯，以茶代酒。羅獵跟它碰了碰杯：「謝謝！」

麻雀的表情風輕雲淡，似乎已經從過往的這段情感羈絆中徹底走了出來，她輕聲道：「對了，我聽說四年前你和蘭喜妹結了婚？」

羅獵道：「她病逝了。」

「哦？對不起。」

羅獵道：「沒關係。」

麻雀道：「應該沒關係的，看你的樣子也已經從痛苦中走出來了，不然你也不會訂婚。」

即便是麻雀的朋友，程玉菲也有些聽不下去了，麻雀的話裡明顯帶著嘲諷，而且在這件事上進行嘲諷，實在是有些刻薄了。

不過羅獵始終表現得從容淡定，輕聲道：「**人只要活一天就得往前走，往前**

走就得抬頭看，很多時候不僅僅是你自己在走路。」

麻雀道：「你很幸運，總是有人願意陪著你一起走。」

羅獵喝了口黃酒：「你怎麼樣啊？還是一個人？」

麻雀笑了起來：「你這麼一問，讓我感覺自己嫁不出去似的。」

羅獵道：「我可不是這個意思。」

麻雀道：「咱們西海一別，我又去了歐洲，咱們分開的這幾年，我結過一次婚，你認識的，肖恩。」

羅獵點了點頭，心中卻感覺不太是滋味，他總覺得麻雀的嫁人和自己有著一定的關係。羅獵道：「他有沒有跟你一起過來？」

「過不來了，他死了！」麻雀表情冷漠，像是談論一個和自己不相干的人。不但是羅獵，連程玉菲都吃了一驚，她雖然和麻雀關係很好，卻並不清楚麻雀的個人問題，雖然她也問過，可是麻雀在這方面都是守口如瓶。

羅獵道：「對不起，我不知道。」

「沒關係，反正我和他之間也沒什麼感情，他死了對我來說是一種解脫，不過我還是該感謝他，他給了我一個侯爵夫人身分，還把所有財產都留給了我。」

羅獵岔開話題道：「這次來黃浦打算待多久？」

麻雀道：「我來找你並不是為了敘舊，而是有件事想請你幫忙。」

羅獵看著麻雀一副公事公辦的樣子，卻生出警惕之心，麻雀變了，現在的麻雀和三年前已經有了很大的不同，更不用說他們剛剛認識的時候。他笑了笑道：「不知是什麼事情，不過我一定盡力。」

麻雀道：「東山經！」

羅獵聽到這三個字之後，馬上就搖了搖頭，他拒絕得非常果斷：「在這件事上我幫不上忙。」

麻雀道：「你幫得上忙，如果天下間有一個人知道瞎子的下落，那個人一定是你，我調查過，當時在醫院陪同瞎子的是張長弓和鐵娃，他們現在去了哪裡？參與轉移瞎子夫婦的人一定有他們兩個對不對？」

羅獵將手中的酒杯慢慢放下，然後盯住麻雀的眼睛道：「我們過去是朋友，我希望以後還是，張長弓、鐵娃、瞎子他們也都是你的朋友，這個世界上有些事是不能拿來利用的。」

麻雀毫無畏懼地望著羅獵：「這是個物欲橫流的世界，難道你覺得不對？」

羅獵道：「如果真像你所說的那樣，當年就不會有人陪你去蒼白山，如果單單是這個樣子，就不會有人陪著你在北平刨根問底，如果人心只剩下利益這兩個字，就不會有四年前的西海之行。」

麻雀厲聲道：「你們之所以去蒼白山為的是葉青虹的酬金，在北平究竟是誰在利用誰？你去西海是因為風九青，怎麼？難道你要將所有的責任都歸咎到我的身上？蘭喜妹的死是不是也要算在我的頭上？」

羅獵唇角的肌肉驟然抽搐了一下，向來涵養極好的他此時有些生氣了，程玉菲望著針鋒相對的兩人，她插不進去話，因為她不知道要說些什麼。

羅獵最終還是控制住自己的情緒，輕聲道：「我還有事，先走了，結帳！」

麻雀道：「羅獵，作為你的朋友……」停頓一下又改口道：「曾經的朋友，我給你一句忠告，如果你真的為了你的朋友家人著想，就不要插手這件事。」

羅獵道：「如果我沒聽錯，你是在威脅我？」

麻雀居然點了點頭：「你並不清楚你在和誰對抗！」

羅獵道：「我沒打算和任何人對抗，麻雀，你應當瞭解我，如果有人敢打我家人和朋友的主意，我會讓他後悔來到這個世界上。」說完頭也不回地離開。

麻雀的表情冷漠得可怕，程玉菲怔怔地望著她：「麻雀，為什麼要搞成這個樣子，畢竟你們是朋友啊？」

麻雀道：「我沒有朋友！」

第三章

盜門

瞎子咬著嘴唇，心潮起伏，又是難過又是內疚，
如果不是因為自己，也不會把朋友牽扯到這個麻煩來，
須知道為了他，這些朋友會和盜門對立，
而盜門是江湖中除了丐幫之外最大的組織。
誰也不敢輕易招惹盜門，否則就意味著無窮無盡的麻煩。

羅獵的心情久久無法平靜，麻雀此番歸來已變成了一個陌生人，讓羅獵心冷的並不是麻雀的冷漠和敵對，而是她竟然用自己的親人和朋友要脅自己，在麻雀說出那番話的時候，羅獵知道她變了，徹底變了。

葉青虹聽羅獵說完見面的事情，她從身後抱住羅獵，讓他靠在自己的胸前，柔聲道：「女人就是這個樣子，因愛生恨，麻雀一直都喜歡你。」

羅獵搖了搖頭道：「不是這個原因，她過去不是這個樣子的，今天她居然用你們威脅我。」

葉青虹道：「也許只是氣話。」

羅獵道：「青虹，瞎子雖然被我們送走，可並不代表著就此平安無事，他們雖然找不到證據，可認定了是我把瞎子送走，所以……」

葉青虹道：「所以你擔心他們會不擇手段地逼迫你交出瞎子？」

羅獵點了點頭，如果只是他自己，他並不擔心，可是他還有葉青虹，還有小彩虹，他不可能時時刻刻都守在他們的身邊，今天麻雀的那番話讓他格外警惕，麻雀瞭解他，知道他太多的事情，瞭解他身邊的朋友，一個如此瞭解自己的人，如果突然選擇站在了自己的對立面，那麼將是一個何其可怕的敵人。

葉青虹道：「你放心吧，這裡的安保絕無任何問題。」她知道羅獵肯定動了要送她們離開暫避風頭的打算。

羅獵道：「與其靜待他們找來，不如主動出擊。」

葉青虹道：「你想引蛇出洞啊？」

羅獵笑了笑，心中其實已經有了主意。

葉青虹道：「不過最近這裡又悶又熱，我倒是想出去走走了。」

羅獵道：「去津門如何？」

葉青虹眨了眨雙眸：「你走得開？」

羅獵道：「洪爺爺估計撐不過今年，於情於理我都得去看看他，而且……」

他向葉青虹道：「我答應過他老人家，若是娶了媳婦，一定要帶著讓他見見。」

葉青虹抱緊了羅獵。

小彩虹還是頭一次坐火車，上次從滿洲來黃浦還是坐船，她趴在包廂的窗前，好奇地望著窗外的景色，不時發出咿呀的驚歎聲。

羅獵道：「過了長江，天氣果然涼快了許多。」這次出來之後，向來很少生病的他居然得了感冒，目前還在發燒。

葉青虹道：「真正涼快的還是歐洲，如果你能夠拋開這邊的事情，咱們回歐洲度夏豈不是最好。」

羅獵笑了笑，瞎子的事情沒有了結，他的確放不開這邊的事情。

小彩虹感到有些餓了，葉青虹起身帶她去餐車吃飯，羅獵本想起身，葉青虹道：「你歇著吧，我帶她過去就行，回頭我給你帶點吃的回來。」

羅獵點了點頭，閉上雙目，感覺太陽穴兩側有些發脹，他已經記不起自己上次生病是什麼時候，不過這次病來得很突然，應該是在候車的時候淋了雨，上車後就生病了，剛才測過體溫還在三十八點五度。

望著桌上的那支體溫計，在他的眼中居然變成了一支飛刀，羅獵搖了搖頭，大白天的怎麼出現了幻覺，他把頭蒙在被子裡，可腦海中仍然有一支飛刀在不停的飛舞，這飛刀將他腦海中的黑幕一點點撕裂，光線從裂縫中投射進來。

羅獵看到了母親，母親的身影虛浮在空中，就這樣靜靜望著自己。

羅獵心中默念著，當年父親和母親之間究竟發生了什麼？母親帶著自己毅然離開的真正原因難道只是為了保護父親……心中的念頭戛然而止，羅獵卻因為這個想法而出了一身的冷汗，他是怎麼了？為何會懷疑自己母親對自己的愛？母愛是無私的，不會有任何的動機。

父親呢？在母親離開的這些年，他是不是盡力尋找過？在失去母親和他的隊友之後，他留在這個時代又做了什麼？羅獵竭力想要驅散這些念頭，可一個個雜亂無章的影像卻爭先恐後地湧入他的腦中，羅獵看到傳統和現代的碰撞，看到戰爭，看到和平，他感覺自己的大腦因為圖像的飛速聚集而不斷膨脹，兩側太陽穴一陣陣的劇痛，羅獵甚至擔心自己的大腦可能隨時都會爆裂開來。

羅獵猛然睜開了雙目，腦海中的亂象瞬間消失一空，他坐起身來，拉開了車窗，迎著窗外吹來的涼風，大口大口喘息著。

小彩虹津津有味地吃著，葉青虹望著她，露出會心的笑意。小彩虹道：「媽媽，你怎麼不吃？」

葉青虹道：「等會兒媽媽帶回去跟爸爸一起吃。」

小彩虹道：「爸爸病了，我好擔心。」

葉青虹笑道：「擔心什麼？爸爸身體那麼棒，很快就會好的。」

小彩虹點了點頭，她向葉青虹道：「媽媽，我還想吃個蛋糕。」

葉青虹柔聲道：「你等著，媽媽這就去給你拿！」葉青虹轉身去拿的時候，一個身穿旗袍的中年婦女剛巧端著咖啡走來，眼看就要撞在一起，葉青虹及時閃身，那中年婦女雖然沒有和她撞在一起，可手中的托盤卻失去了平衡，咖啡一歪灑了一身，那中年婦女尖叫道：「要死了你？不長眼睛啊？」

葉青虹聽她出言不遜，依著葉青虹往日的脾氣絕不會忍氣吞聲，可現在因為多了小彩虹，葉青虹可不想嚇著了孩子，本著息事寧人的心理，歉然道：「不好意思啊，是我的不對！」

那中年婦女不依不饒道：「一句不對就完了？你撞了我，弄髒了我的衣服，你知不知道我這旗袍好名貴的？」她叉著腰虎視眈眈地望著葉青虹，一副要把葉青虹生吞活剝的模樣。

小彩虹看到葉青虹遇到了麻煩趕緊跑了過來，護住葉青虹道：「不要欺負我媽媽！」

那中年婦女瞪圓了雙目：「我欺負你媽媽？小赤佬，是她弄髒了我的旗袍好不好？」

葉青虹抱起小彩虹道：「女兒啊，阿姨跟媽媽開玩笑的。」

「誰跟你開玩笑？」

葉青虹一手蒙住了小彩虹的眼睛，然後右腿閃電般彈射出去，踹在那中年婦女的小腹之上，那中年婦女慘叫了一聲，就倒飛了出去，落在遠處的一張餐桌上，撞得杯盤碟碗摔了一地。

葉青虹故作驚奇道：「大姐，您怎麼這麼不小心啊，又摔倒了？」餐車內，四名魁梧的男子同時站起，此時聽到動靜的羅獵來到了餐車內，葉青虹向羅獵笑道：「老公，女兒睏了，你先帶她回去，我把這邊的事情收拾一下就回去。」

羅獵笑道：「你們娘倆回去吧，拋頭露面的事輪不到女人說話。」

葉青虹心裡甜甜的，她抱著小彩虹，先去拿了蛋糕，然後返回了車廂，待會的場面只怕要見血，她可不想女兒看到。

四名男子過去扶起了那中年婦女，中年婦女頭髮蓬亂，身上的旗袍沾滿了油污，實在是狼狽到了極點。她指著羅獵罵道：「殺千刀的，你們弄髒了我的衣服居然還打人……」

羅獵將一摞銀洋放在桌上，輕聲道：「弄髒了您的衣服，原是我們的不對，這些錢應當足夠賠償了。」

中年婦女看了一眼桌上的大洋道：「有錢了不起啊？老娘缺的不是錢，讓那個賤貨過來給我磕頭賠罪。」

羅獵見遇到了一個潑婦，有些無奈地搖了搖頭，幾名男子中的一個氣勢洶洶地走向羅獵，羅獵朝他微微一笑道：「還望這位夫人口下留德。」

那男子愣了一下，突然轉身走了回去，那中年婦女罵道：「你這個慫貨，眼睜睜看著老娘受欺負啊？給我上，打他！」

那男子忽然揚起手來，照著那中年婦女臉上就是狠狠一記耳光，打得那中年婦女踉蹌了一下跌倒在了地上，那中年婦女捂著面孔叫道：「郭老四，你……你居然打我？」

名叫郭老四的男子指著那中年婦女道：「臭娘們，老子忍你很久了！」他宛如瘋魔衝上去照著那中年婦女就是一頓痛揍，他的幾名同伴都被眼前情景弄糊塗了，誰也顧不上羅獵，趕緊過去幫忙。

羅獵也沒工夫跟這幫人糾纏，轉身回到了自己的包廂。

葉青虹在包廂內正在給小彩虹擦嘴，她向羅獵笑了笑，哄小彩虹睡了午覺，然後拉著羅獵來到包廂外，小聲道：「怎麼了？你是不是把他們痛打了一頓？」

羅獵笑道：「我是那麼粗魯的人嗎？再說了，好男不跟女鬥。」

葉青虹一聽就不樂意了：「那就是我粗魯了？她罵我就算了，還罵咱們女兒。」葉青虹從來都不是一個逆來順受的性子，擼起袖子要去餐車找回面子。正看到有兩人扶著那中年婦女走了過來，那中年婦女被打得鼻青臉腫，頭髮亂糟糟一團，連路都走不動了，完全是那兩人架著走，一邊走一邊哀嚎著：「郭老四，你個殺千刀的東西，為什麼打我……」

羅獵擔心仇人相見分外眼紅，將葉青虹拉進了包廂，反手將房門關上，葉青虹從剛才看到的情景已經猜到發生了什麼，她欣喜地望著羅獵：「你好陰險！」

羅獵笑道：「喜歡嗎？」

葉青虹點了點頭，一雙美眸灼灼生光，她忽然伸手扶在門上，羅獵故作惶恐：「你……你想幹什麼？」

身後忽然傳來小彩虹的聲音：「媽媽，我渴了……」

葉青虹嚇得趕緊和羅獵分開，尷尬得一張俏臉漲得通紅，她也是做賊心虛，在小彩虹的角度根本看不到他們兩人剛剛的親熱舉動。羅獵一臉的壞笑，葉青虹瞪了他一眼，嘴巴一動一動，分明是說：「都怪你！」

羅獵攤開雙手，一臉的無辜。

葉青虹道：「媽媽這就給你倒水。」

給小彩虹餵完水，小彩虹很快又睡著了，葉青虹來到羅獵身邊，伸手摸了摸他的額頭，感覺他開始退燒了，也放下心來，柔聲道：「你餓不餓，我去給你買點吃的。」

羅獵擺了擺手道：「算了，我又不餓。」

葉青虹道：「中午飯還沒吃呢，那怎麼行？」她知道羅獵怕自己出去又惹麻煩，挨著羅獵坐下道：「你怕我惹事啊？」

羅獵展臂摟住她的香肩，低聲道：「剛才那幾個人應當是有備而來。」

葉青虹道：「我也發現了，剛才那中年婦女應當有武功在身，明明是她主動撞向我，如果不是我反應及時，肯定被她得逞。」

羅獵點了點頭道：「跟她一起的四個人武功也不弱，在下車之前，我要先把這件事解決。」

羅獵出了包廂的門，發現通往餐車的通道內站著一位男子。那男子站在窗前看著風景，兩隻手插在褲子的口袋中。

羅獵轉向另外一邊，看到兩名男子從另外一頭向這邊走了過來，那兩人是他剛才在餐車內遇到的人，羅獵裝出若無其事的樣子，向車廂中間的廁所走去，打開廁所的房門，慢慢關上，不等他將房門關閉，一隻手已經探伸進來，猛地將廁所的大門推開，卻不知羅獵已經做好了準備，一把抓住那人的領帶，將他拖進了廁所中，揚手就是一拳，將此人打暈，放倒在地。

那兩名負責接應的男子也跟著衝進廁所，狹小的廁所內發出乒乒乓乓的打鬥聲，不一會兒就靜了下去，羅獵從廁所中走了出來，整了整衣服，將房門帶上。

這列火車真是不太平，羅獵準備返回包廂，帶著葉青虹和小彩虹在下一站下車，唯有如此方能擺脫這火車上的重重埋伏。

一個穿著淡綠色旗袍的妙齡女郎手拿團扇，婷婷嫋嫋地向他走了過來，遠遠就拋給了羅獵一個媚眼兒。

羅獵禮貌地向一旁側身，給她讓出一條道路，那女郎姿態妖嬈，來到羅獵面前故意停下腳步，嬌滴滴道：「先生，請問幾點了？」

羅獵道：「十二點三十。」

女郎點了點頭，然後舉步離開。

火車的速度慢了下來，羅獵進入包廂，葉青虹道：「怎麼樣？」

羅獵將包廂的房門反鎖，打開了窗戶，向外面看了看，而後道：「下一站是彭城，咱們在彭城下車。」

葉青虹道：「車站嗎？」

羅獵道：「出站以後。」

葉青虹明白他的意思，不禁笑道：「那不是要跳車？」

羅獵道：「這車上全都是埋伏，繼續留下可要面對接連不斷的麻煩。」

葉青虹點了點頭道：「早知如此還不如開車過來。」

火車到站彭城之後，停了十分鐘，然後繼續向北，羅獵先行爬出車外，葉青虹將小彩虹縛在身上，為了避免她醒來害怕，羅獵對女兒進行了催眠，羅獵托起葉青虹，幫她爬到火車的頂部，自己拿了行李，隨後翻了上去。

兩人站在高速奔行的火車上，葉青虹瞪大了眼睛：「真要跳下去？」

羅獵牽著她的手沿著火車頂部來到車尾，尋找合適的地點，將葉青虹攔腰抱起，騰空一躍，葉青虹嚇得緊緊摟住了他的脖子，等她睜開雙眼的時候，羅獵已經穩穩落在了鐵道旁邊的草坡之上。

望著遠去的火車，羅獵的臉上露出會心的笑容。

他們跳車的地方距離火車站不遠，羅獵過去曾經多次路經彭城，可是卻從未在這裡停留過，彭城乃帝王之鄉，自古以來都是兵家必爭之地，這裡是貫通東西南北的交通要塞，素有五省通衢的稱號。

兩人朝著車站的方向走了半個小時，繞了一圈方才回到車站大門，羅獵叫了一輛黃包車，向那車夫道：「大哥，這彭城有沒有好點的酒店？」

車夫笑道：「先生，我們彭城可是大地方，酒店多得是，您要說最好的倒是有一家，那要數花園飯店。比起黃浦的豪華酒店都不遑多讓，是大煙草商人吳繼宏花了兩萬現大洋蓋起來的德式洋樓，辮帥張勳您知不知道？他密謀復辟的時候就在這飯店裡頭。」

羅獵笑道：「這花園飯店還有那麼多故事呢。」

車夫道：「可不是故事，都是真的，我們彭城人老實厚道，從不撒謊，遠的不說，就說現在，住著的也都是一些威震一方的名流人物，張宗昌、褚玉璞、孫傳芳、陳調元，經常都會來這裡住宿吃飯，我不瞞你，褚大帥就坐過我的車。」

葉青虹聽他吹得天花亂墜不禁笑了：「您說得那麼好，就送我們過去吧。」

「好啊，沒多遠，三里多地。」

車夫將羅獵他們送到了花園飯店的門口，這是一座德式洋樓，廳堂內擺放著紅木傢俱，每間客房冬天有壁爐取暖，夏天備有風扇，葉青虹是個追求生活品味的人，看到花園飯店的條件也頗為滿意，當下開了一間套房。

他們商量了一下，決定在彭城盤桓一下，跟那幫跟蹤者打一個時間差，然後再考慮前往津門的事情。

花園飯店擁有特聘的南北名廚，主理中西餐點，是目前彭城最頂級的酒店，自然也成了各方名流聚會之所。

羅獵帶著葉青虹和小彩虹品嘗了當地的地方菜，下午在大同街轉了轉。

他們在彭城停留的主要原因是要擺脫車上的那些跟蹤者，不過羅獵對彭城樸素好客的民風和當地的菜餚產生了不少好感。夜幕降臨，羅獵和葉青虹坐在露台上欣賞著夜景。

葉青虹倒了杯紅酒遞給了羅獵：「那些人還真是鍥而不捨，你說他們會不會在津門等著我們？」

羅獵手中的酒杯輕輕搖動著，紅酒沿著水晶杯透明的杯壁舞動，如同飄逸的紅綢，羅獵聞了聞酒香，輕聲道：「半部東山經就引起了那麼大的轟動。」

葉青虹道：「真的存在龍脈嗎？」

羅獵笑了起來：「誰又能說得清呢，就如九鼎的傳說，還有說有一只徐州鼎就落在了彭城，可事實真的如此嗎？」他喝了口酒，低聲道：「這些天，我始終在考慮一個問題，如果陳阿婆當真是陳九梅，她當年隱姓埋名的目的是什麼？」

葉青虹道：「這還用說，盜走了皇家秘寶，背叛盜門，已經成為天下公敵，只要她暴露行蹤，不但自己會死，還會把麻煩帶給她的家人。」

羅獵道：「她只有瞎子一個外孫，如果換成你是她，你會不會把這兩樣寶貝傳給自己的親人？」

葉青虹被羅獵問得一愣，她想了想，然後搖了搖頭道：「我想我不會，把這兩樣東西傳給瞎子，等於害了他。」

羅獵道：「陳阿婆可以為安翟犧牲性命，這兩樣東西並無法讓瞎子大富大貴，就算可以，瞎子也沒能力保得住，為什麼她要將這麼大的麻煩留給瞎子？」

葉青虹道：「人在彌留之際容易做出許多違反常理的事情，也許陳阿婆只是告訴瞎子這件事，也只想他永遠守住這個秘密。也許陳阿婆擔心有一天她的身分會敗露，瞎子憑藉著這兩樣東西還可以保住性命。」

羅獵點了點頭：「後者的可能性更大。」

葉青虹道：「不知瞎子恢復的情況怎麼樣了。」

羅獵道：「不久以後就會知道。」

葉青虹從他的話中明白了什麼，小聲道：「是不是張大哥他們快回來了？」

羅獵道：「我去津門也不是沒有原因的。」

葉青虹不無嗔怪道：「你啊，什麼事情都瞞著我，還有沒有把我當成你的未婚妻？」說到這裡心中暗忖，從羅獵向自己求婚也有一段時間了，可自從自己答應他之後，他從未提起過婚禮的事情，難道他又給忘了？其實她也知道最近一段時間事情不斷，他們的婚事可能還要耐心等待一段時間了。

安翟的手術很成功，他的視力已經恢復，身體也在慢慢恢復之中。張長弓和鐵娃已經離開了HONG KONG，現在負責照顧他的除了周曉蝶之外還有阿諾，今天陸威霖專程從南洋趕來探望這位受傷的朋友。

不過瞎子的記憶好像仍然沒有恢復，望著陸威霖這位老友，表情漠然，陸威霖在來此之前對瞎子的狀況已經有過瞭解，他示意阿諾和周曉蝶先出去，有些話他想和瞎子單獨談談。

陸威霖指了指自己帶來的果籃道：「吃不吃水果？」

瞎子搖了搖頭。

陸威霖道：「難道過去的事情你一點都想不起來了？」

瞎子點了點頭。

陸威霖有些不耐煩了：「說話，你啞巴嗎？」

瞎子道：「我知道你們對我好，可是我真的想不起來，我有你們這些朋友，雖然我也很想和你們當朋友。」

陸威霖道：「你老婆呢？你也不記得了？」

瞎子道：「不記得，我根本不記得我什麼時候結過婚。」

陸威霖道：「你還欠我五千大洋沒還呢。」

瞎子脫口道：「我什麼時候欠你錢？沒有的事……」

陸威霖冷笑望著瞎子。

瞎子吞了口唾沫：「反正我是想不起來了。」

陸威霖抓起一旁的報紙卷成了一個紙筒，照著瞎子的腦袋就拍了下去：「讓你想不起來，你就給我裝吧。」

瞎子捂著腦袋道：「疼，疼！我剛剛做完手術，不能打我頭的。」

陸威霖道：「依著我的脾氣，我抽死你。」

瞎子道：「你不是我朋友。」

陸威霖道：「交你這種朋友真是倒了八輩子楣，瞎子，你小子少跟我裝蒜，我瞭解過你的病情，醫生說，像你這種喪失全部記憶的情況幾乎不可能，而且你手術很成功。」

「我真想不起來了。」瞎子的目光都不敢直視陸威霖。

陸威霖道：「我不管你想不想得起來，羅獵人家好不容易過幾天安生日子，本來都準備跟葉青虹結婚了，好嘛，被你小子硬生生給攪和了。」

瞎子道：「跟我什麼關係？你別往我頭上扣帽子啊！」

陸威霖道：「你知道狡辯了，如果不是為了你們兩口子，羅獵會得罪那麼多人？現在你拍屁股走人了，所有衝著你來的人，可都盯上了他。」

瞎子道：「我得罪誰了？」

陸威霖道：「你問我？你還有臉問我啊？」他一把扯住了瞎子的耳朵。

瞎子慘叫道：「疼，疼，威霖，你輕點兒。」

陸威霖呵呵笑道：「你怎麼不裝了？我都沒告訴你我名字，你怎麼知道？」

瞎子道：「我……我這會兒剛好想起來了。」

陸威霖罵了一句：「孬種！」

瞎子的臉紅了：「你罵誰呢？」

陸威霖道：「你有種，你自己的事情自己擺平，別讓羅獵給你擦屁股啊！」

瞎子道：「是，我沒用，可是我沒想連累你們，我都不知怎麼說。」

陸威霖在他對面坐下，歎了口氣道：「說吧，你外婆到底是不是陳九梅？」

瞎子望著陸威霖，陸威霖不耐煩道：「看什麼？連我你都不信了是不是？」

瞎子苦笑道：「真不是不信你，這事兒說來話長，我也是在她老人家死的時候，才知道她的真正身分，我外婆說了，讓我這輩子都不要對別人說，即便是最好的朋友，因為說出去，對我自己沒好處，還會連累朋友。」

「你已經連累了。」

瞎子道：「我不想的。」

陸威霖道：「翡翠九龍杯和東山經是不是在你手裡啊？」

瞎子道：「燒了！」

陸威霖愕然道：「燒了？」

瞎子點了點頭道：「當時綢緞莊失火，我帶著曉蝶逃出去，可我又想起外婆留給我的東西，於是我轉身去拿，可我才到藏東西的地方，就被人在腦袋上狠狠敲了一棍，我差點就死了，威霖我騙你幹什麼？」

陸威霖道：「可現在天下人都以為這兩樣東西在你手裡。」

瞎子道：「我沒拿，我外婆告訴我東西藏在什麼地方，可是她讓我除非萬不得已絕不可以去拿這些東西，我一直都聽她老人家的，我和周曉蝶過得好好的，我什麼都不想要，只想安生過日子。」

陸威霖道：「你仔細想想，有沒有其他人知道你外婆的身分？」

瞎子道：「我想了，除了一個人在我面前提起過陳九梅的名字，而且這個人很可能從我的身手上看出了我的師承。」

陸威霖道：「誰？」

「就是福伯，可他已經死了。」

陸威霖知道福伯就是福山宇治，當初他是作為麻雀的守護人出現的。

瞎子道：「我真不知道會給羅獵帶來那麼多的麻煩，這樣吧，我馬上返回黃浦，一人做事一人當，我的事情我自己解決，絕不連累朋友。」

陸威霖道：「你當得起嗎？回黃浦，是不是想自投羅網，然後讓人家拿你來要脅我們？」

瞎子怒道：「我就知道你看不起我，你們都覺得我是個廢物。」

陸威霖將一個信封扔給了瞎子，瞎子拿起拆開一看，裡面是兩張船票，愕然道：「什麼意思？」

陸威霖道：「這是兩張前往南洋的船票，你帶著周曉蝶先去南洋避一避風頭，等到了那邊會有人接應你，所有的一切都會為你們安排妥當。」

瞎子道：「你們呢？」

陸威霖道：「這事兒肯定要解決，張大哥先回去了，我和阿諾也儘快回去和羅獵碰頭，你的麻煩主要在盜門的那段恩仇，我們希望能夠幫你化解了。」

瞎子道：「我的事情為什麼要你們出面？我自己去處理。」

陸威霖道：「你現在回去只能給大家添麻煩，只要他們找不到你，事情就好辦。」

瞎子用力咬著嘴唇，心潮起伏，又是難過又是內疚，如果不是因為自己，也不會把這些朋友牽扯到這個麻煩中來，須知道為了他，這些朋友會和盜門對立，而盜門是江湖中除了丐幫之外最大的組織。誰也不敢輕易招惹盜門，否則就意味著無窮無盡的麻煩。

陸威霖起身離開的時候，瞎子忽然道：「威霖！」

陸威霖轉身道：「什麼？」

瞎子道：「我現在特別想念我和羅獵在中西學堂的時候，你見了他告訴他，有機會幫我去看看，我可能這輩子沒機會回去了。」

陸威霖點了點頭。

羅獵比預定時間足足晚了一周才到津門，他這次前來的目的之一就是來見老洪頭最後一面，當年因為他的緣故，老洪頭和英子被任天駿綁架，以此來將羅獵引入婺源老營，是風九青幫老洪頭起死回生，以此換來羅獵陪同她前往西海尋找九鼎的承諾。自從那次之後，羅獵就再也沒有來過津門，因為他不想自己的事情連累到洪家人。

距離上次的綁架已經過去了四年，羅獵雖然沒有前來這裡，卻一直默默關注著老人家的消息，他知道老洪頭陽壽將盡，就快離世的消息，終於決定在老人家在世之時再見他一面。

綁架事件過後，英子和董治軍的感情更進一層，這場磨難也讓他們懂得了婚姻的真正意義，英子仍在西開小學任教，董治軍在母親過世後也將家安在了西開小學附近，只是他如今已不再做巡捕，辭去工作後，開了一家茶社就在古玩街，組織一些藝人，每天上演評書、相聲，生意雖稱不上火爆，倒也足可維持生計。

如果說他們最大的遺憾，就是至今仍然沒有生下一兒半女，不過董治軍在這方面看得比較開，時常勸英子，反正學校那麼多學生，每個都是他們的子女，實在不行，他們可以收養一個。

董治軍雖是茶社的老闆，可晚上很少來，尤其是最近老洪頭身體不太好，他早早買菜回家做飯，一來可幫助英子分擔家務，二來他照顧老爺子也方便一些。

董治軍騎著自行車來到自家門前，看到門前停了一輛車，他愣了一下。問了鄰居方才知道，剛才來了一家三口，看到門上了鎖，於是去周圍轉轉了。

董治軍心裡犯著嘀咕的時候，看到遠處一家三口朝這邊走來，小女孩在中間，分別牽著父母的一隻手，一邊走一邊咯咯笑個不停。

董治軍認出了羅獵，激動地迎了上去：「小獵犬，你總算知道回來了！」

葉青虹和小彩虹都不知道羅獵居然還有小獵犬的稱號，兩人都忍不住笑了起來，小彩虹道：「爸爸，小獵犬是你嗎？」

董治軍這才知道羅獵居然有了女兒，望著這水靈的女娃兒，心中又是喜歡又是羨慕。

羅獵向小彩虹道：「小彩虹，快叫姑父！」

「姑父！」

董治軍激動地連連答應，他本想抱抱孩子，可是又覺得自己手上拿著菜，笑道：「快，快屋裡坐，英子就快回來了。」

說話的時候，英子從小學那邊走了過來，英子遠遠停了一下，然後飛快地奔跑過來，驚喜道：「小獵犬，你可想死我了！」衝上去就給了羅獵一個熱情的擁抱，然後才注意到了葉青虹，向羅獵道：「你老婆啊？」

羅獵點了點頭，葉青虹道：「英子姐，我叫葉青虹。」

英子望著葉青虹伸過來的手，沒有跟她握手，也是張開臂膀給了葉青虹一個熱烈的擁抱：「我弟弟這眼光就是厲害，我這弟媳婦可真漂亮。」放開葉青虹，躬下身去望著小彩虹道：「這麼漂亮的小姑娘啊，你叫什麼名字？」

小彩虹並不認生，細聲細氣道：「我叫小彩虹！」

「那你知不知道我是誰啊？」

「你是……英子姑姑！」

英子激動地一把就將小彩虹抱起來了：「寶貝兒，我的親親寶貝兒，我就是你姑姑。」

董治軍笑道：「英子，你別嚇著孩子了。」

英子道：「我疼都疼不過來呢，走，老頭子知道你來了，不知該多高興。」

羅獵見到老洪頭的時候，卻高興不起來了，四年不見，老爺子白髮蒼蒼瘦骨嶙峋，昔日高大魁梧的身板兒如今也變得乾乾瘦瘦，人都會變老，有些事不是人力能夠挽留的。

老洪頭中風一年了，雖認得羅獵，卻說不出話來，拉著羅獵的手不停流淚。

羅獵道：「洪爺爺，我來看您了，這次啊，我帶著老婆孩子一起來了。」

老洪頭望著他嘴角顫抖著，只是流淚。

羅獵讓葉青虹和小彩虹走近一些，好讓老人家看得清楚。

小彩虹伸出小手道：「老爺爺，您怎麼哭了，別哭，別哭，我給您擦擦。」

眾人看到孩子如此懂事，心中都是一酸。

英子道：「這老頭子，不高興也哭，高興也哭，不如你坐起來，哭個痛快，我去做飯。」她轉身出了門，一出門就偷偷用衣角擦去眼淚。

葉青虹跟了出來，剛好看到英子抹淚的情景，英子不好意思地笑了：「青虹，你別見笑啊，我這個人沒什麼見識，總是喜歡掉淚。」

葉青虹道：「英子姐，別這麼說，都是一家人，走吧，我幫您做飯去。」

兩人進了廚房，葉青虹看到土灶就傻了眼，她可不會用。

英子讓葉青虹幫忙剝蒜摘菜，做飯的事兒她包了，英子道：「青虹啊，你們兩個什麼時候結的婚，孩子都這麼大了。」

葉青虹笑了笑，她繼續摘菜。

英子道：「這四年啊，我都不知道羅獵去了哪兒，當年為了我和爺爺的事情，他可吃了不少苦。」

葉青虹道：「羅獵經常說是他連累了你們。」

英子道：「可別這麼說，都是一家人，誰連累誰啊？說實話，我挺生氣的，就算是怕連累我們，也不能這麼久沒個信兒，老爺子日日夜夜都念叨著他。」

葉青虹道：「英子姐，洪爺爺什麼時候中的風？」

英子道：「有一年了吧，這麼大年齡了，人間疾苦，酸甜苦辣什麼都嘗過來了，我們也想開了，生老病死是誰都攔不住的事，聽醫生說，也就是這兩個月的事，還好，羅獵回來了，能見上最後一面，我看他也心滿意足了。」

小彩虹蹦蹦跳跳從外面走了進來，手裡還拿著一串糖葫蘆。

葉青虹道：「哪兒弄的糖葫蘆啊？」

小彩虹道：「姑父給的。」

英子道：「青虹，你帶孩子出去玩兒，裡面煙大，別熏著。」

葉青虹應了一聲，帶小彩虹出去了。

老洪頭睡了之後，羅獵也來到廚房，叫了聲姐。

英子道：「你還記得有我這個姐？」

「記得！」

英子一邊炒菜一邊道：「記得結婚不跟我說一聲，對了，你和青虹什麼時候結的婚？」

羅獵道：「姐，我們沒結婚呢。」

英子道：「沒結婚，呵，到底是留過洋的人，沒結婚就生孩子了。」她可接受不了，不禁搖了搖頭。

羅獵道：「其實，小彩虹是我和蘭喜妹的女兒。」

英子愣了一下，轉向羅獵，她這才明白到底怎麼回事，望著羅獵滄桑的目光，她的內心充滿了憐意，自己的這個弟弟這幾年究竟經歷了什麼？她輕聲道：「把菜端出去，對了，老頭子給你留的那罈酒，去樹下挖出來，你媳婦女兒都來了，剛好可以喝了。」

在羅獵的堅持下，由他給洪爺爺親自餵了晚飯，望著老人家一口口艱難咀嚼的樣子，羅獵的雙目濕潤了，人都會有老去的一天，或許將來他也不得不接受這樣的現實。

葉青虹悄悄望著羅獵，她從小缺乏家庭的關愛，在這裡，她突然感覺到了一種回家的感覺，此時她方才明白當年為什麼羅獵會不計一切代價營救洪家爺孫，也明白為什麼羅獵會堅持四年沒有和他們聯繫。

老爺子珍藏的那罈酒，是為了慶賀羅獵結婚使用的，羅獵倒了一杯，也給葉青虹倒了一杯，他輕聲道：「這裡就是我幼年生活過的地方，在我心裡，這裡才是我的家。」

英子道：「這裡永遠都是你的家，你在外面打拚累了倦了，只要知道回來，姐都會給你做好飯等著你。」

羅獵點了點頭。

葉青虹給小彩虹餵飯，小彩虹一邊吃一邊道：「姑姑做的飯好好吃啊，真的太好吃了！」

英子笑道：「這孩子真是乖巧，我真是太喜歡了。」

董治軍道：「我也喜歡，這次你們一定要多住幾天。」

羅獵道：「好啊，反正我也沒什麼要緊事，剛好在津門多玩幾天。」

董治軍和羅獵兩人這麼久沒見，自然要開懷暢飲，英子陪著葉青虹哄小彩虹睡覺去了。

英子看到葉青虹和小彩虹兩人關係如此親密，也放下心來，想起小彩虹這麼小的年紀就沒了母親，心中不禁可憐這孩子的身世，不過還好又遇到了一個如此疼愛她的後媽，看這孩子的樣子，應當已經忘記了她的生母，這對小彩虹來說未嘗不是一件好事。

小彩虹睡熟之後，兩人來到外面，看到羅獵和董治軍還在喝酒，董治軍喝得舌頭都大了，英子道：「小獵犬，別讓他喝了，喝多了就會折騰我。」

董治軍明顯有了醉意：「我……怎麼折騰你了……兩口子……那是你情我願，不是折騰……」

英子聽得紅了臉，扯著董治軍的耳朵把他拽到了屋裡。

羅獵望著葉青虹笑了起來，葉青虹從他的笑容中看出了不懷好意，垂下黑長的睫毛：「你就在這兒長大的？」

羅獵道：「不是說過了嗎？」

葉青虹道：「你打算住多久啊？」

羅獵道：「你不習慣這裡？」

葉青虹搖了搖頭道：「才沒有，你知道的，我從小就無父無母的，心裡其實特別渴望家庭的溫暖，英子姐他們一家人都特別好，你為什麼才帶我認識？」

羅獵笑道：「醜媳婦也得見公婆，你不答應我求婚，我怎麼敢帶你來啊。」

葉青虹道：「你嫌我醜啊？」

羅獵道：「你要是醜，這世上還有漂亮人嗎？」

「就數你嘴巴甜。」葉青虹握住羅獵的手。

英子好不容易哄董治軍睡了，出門來收拾，剛好看到兩人膩歪著，笑道：「哎呦喂，沒打擾你們吧？」

羅獵笑道：「沒啊。」

葉青虹有些不好意思，起身道：「英子姐，你們姐弟倆說話，我來收拾。」

英子也沒跟她爭，用圍裙擦了擦手，在羅獵的身邊坐下，望著端著碗筷去洗的葉青虹，小聲道：「行啊，你這媳婦兒不錯，我還以為是個身嬌肉貴的千金大小姐，沒想到啊，居然還是個上得廳堂入得廚房的賢妻良母。」

羅獵道：「姐，其實我也沒想到。」

英子道：「有什麼沒想到的，一個女人甘心為你放下身段，甘心為你做任何事，還不是因為喜歡你？小獵犬，你別跟我裝糊塗，別說你沒看出來。」

羅獵道：「我怎麼會看不出來？只是……」羅獵想起自己和風九青的約定，他還是別把這件事告訴英子。

英子道：「只是什麼？你是當局者迷，我是旁觀者清，青虹啊，就等著你娶她的那一天呢，羅獵，結婚對女人可是這輩子最重要的事情，你可不能虧待人家，趕緊把婚禮給辦了。」

羅獵點了點頭道：「我最近的確有些事，所以還是想等處理完手頭的事再說，而且我們已經訂婚了。」

「訂婚？訂金還能退呢，不是我說你，這麼好的媳婦兒你可一定要懂得珍惜，人家疼愛你的女兒，這麼久了還沒名沒分的，換成我可不幹。你跟姐說句心裡話，是不是你還忘不了小彩虹他娘？」

羅獵沒說話。

英子又道：「覺得娶了新媳婦對不起她？」

羅獵道：「姐，您別說了。」

英子道：「爺爺常說，人不能總活在過去，要顧著眼下，要看著將來，小彩虹他娘如果在天有靈，也一定希望你們幸福，別讓人家再等了。」

葉青虹將洗好的碗筷整齊地放在碗櫃裡，轉過身去，看到羅獵端了盆水過來：「幹什麼？」

羅獵道：「來啊！」

葉青虹走了過去，羅獵牽著她的手放在水盆裡，居然幫她洗起手來，葉青虹笑道：「你有毛病啊，我又不是小孩子。」

羅獵道：「手都粗了。」

葉青虹道：「又嫌棄我。」

羅獵道：「咱們回黃浦就結婚好不好？」

葉青虹愣了一下：「你喝多了？」

羅獵道：「我這次帶你來，就是想到我小時候生活的地方看看，再拜祭一下我娘。」

第四章

瞎子的秘密

羅獵想起福伯曾經是盜門中人，這位福伯其實相當的不簡單，
他的真實身分是福山宇治，是日本間諜，
甚至參與過當年的追風者計畫，從陸威霖的這句話來看，
瞎子的身分應該早已洩露，福山宇治已經死於圓明園地宮，
一個死了的人應當不會洩露瞎子的秘密。

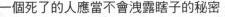

翌日清晨，羅獵帶著葉青虹去了崇光寺，崇光寺早已在多年的那場火災中夷為平地，點燃香燭送上祭品，兩人朝著正西的方向恭恭敬敬磕了三個頭。

羅獵不由得想起了宋昌金，宋昌金曾經告訴他，自己的母親是被爺爺所害，上次在這裡遇到宋昌金的時候，他還試圖從自己這裡換取那顆明珠。羅獵當然沒有將珠子給他，用一顆假珠子就將宋昌金打發了。

後來風九青說過，這顆珠子是避水珠，羅獵也試過，珠子非但無法避水，而且遇水就沉。

葉青虹看到羅獵掏出那顆珠子，連羅獵自己都感到奇怪，這顆珠子和最初在飛鷹堡冰洞內得到的時候已經有了很大不同，當時遍佈藍光，溢彩流光，足足有龍眼大小，現在隨著時間推移，珠子如同縮水一般，非但比過去小了一半而且光澤全無，就像一顆皺巴巴的櫻桃，摸上去也沒有絲毫的圓潤感，如果這樣下去，用不了多久就變成葡萄乾了。

葉青虹道：「這是什麼種子？」

羅獵將這珠子的來歷告訴了她，葉青虹接過珠子翻來覆去地看了看，也沒有看出任何的神奇之處，將珠子交還給了羅獵。

其實羅獵一開始的時候還以為這珠子像智慧種子或慧心石一樣的神奇寶貝，

可後來這珠子也隨著光澤的黯淡變得平凡，如果不是風九青說過避水珠的話，羅獵可能早就將之丟棄了。

葉青虹道：「你是說婆婆的骨灰當年就是存在這裡？」

羅獵點了點頭：「一場大火把崇光寺燒了個乾乾淨淨，等我趕到的時候，什麼都找不到了。」他的內心中已經沒有了過去的傷感，並不是因為時間的推移而沖淡了心中的悲傷，而是因為羅獵覺得這件事非常的奇怪，現在看來更像是一場預謀的火災，而不僅僅是一個巧合。

宋昌金顯然是知道一部分真相的，但是他不肯說，風九青也應當知道，她對母親是極其瞭解的。

葉青虹挽住羅獵的手臂道：「過去那麼多年的事情，你也不要多想了，如果婆婆在天有靈，她一定會為你感到驕傲。」

羅獵道：「我可沒做出什麼值得她驕傲的成就。」

葉青虹道：「在一個母親的眼中從來不會以成就二字去衡量自己的兒女，只要他正直善良，做個堂堂正正的人，比什麼都重要。」

羅獵望著葉青虹輕輕點了點頭，卻留意到不遠處的石碓，驚喜道：「張大哥他們來過。」

葉青虹循著他的目光望去，看到前方地面上擺著的幾個石碓，羅獵和張長弓他們通過一種特殊的方式進行聯絡，其實在張長弓護送瞎子夫婦離開黃浦之前，他們就約定，在事成之後前來津門會合。

謹慎起見，張長弓回來後不會直接前往洪家，也不會和任何洪家人聯繫，不過羅獵告訴了他這個地方，兩人無論誰先到來，都會在這裡留下記號，這種特殊的聯繫方式還是張長弓在蒼白山打獵時留標記用的方法，不過現在成為了他們聯絡的秘密方式。

「老張，為什麼不直接找羅獵？」陸威霖有些不解道，他是和張長弓一起離開HONG KONG的，瞎子惹出來的事情，他們不能讓羅獵一個人去面對。

張長弓道：「沒那個必要，羅獵肯定會去崇光寺，只要去了那裡，就能找到我們。」

陸威霖百無聊賴地望著下方熱鬧的街巷：「可能事情並沒有咱們想得那麼嚴重。」

阿諾道：「手癢癢了，你們說那東山……」話沒說完就被張長弓和陸威霖兩人同時瞪了一眼，剩下的半截話就咽了回去。他笑了笑改口道：「我還真是沒想到瞎子居然還有這樣的家世。」

陸威霖道：「這小子就是個惹禍精。」

張長弓歎了口氣道：「他也不想的。」

一直在窗口觀望的鐵娃忽然驚喜道：「來了，羅叔真來了。」

羅獵是一個人過來的，這宴海樓他過去曾經和張長弓一起來吃過飯，所以此前和張長弓約定，如果彼此看到了用來聯絡的信號，就在午間前來宴海樓，其實張長弓今天已經是過來的第二天了。

鐵娃出去將羅獵迎了進來。

幾人看到羅獵都興奮起來，阿諾嚷嚷道：「羅獵啊羅獵，葉青虹呢？想不到你們終究還是搞到一起去了。」

陸威霖向他豎起了大拇指，這個搞字深得中華文化之精髓。

羅獵道：「你這張大嘴巴，不懂中國話就別亂說。」

陸威霖笑道：「我覺得他說得不錯。」

羅獵請眾人落座，笑道：「點菜，今天我請客。」

張長弓禁不住笑了起來：「我們在這兒都點了半天了，鐵娃，讓小二上菜。」

幾人都是老兄弟了，幾杯酒下肚就進入了正題，陸威霖先介紹了瞎子的近況，兩口子在他的安排下已經去了南洋，這一路之上順順利利，並沒有遇到任何的麻煩。

羅獵聽說瞎子夫婦平安抵達南洋，也鬆了口氣。他向張長弓道：「張大哥送他去HONG KONG，這一路上沒有遇到什麼麻煩吧？」

張長弓道：「還好，你計畫周詳，沒有遇到麻煩。」他停頓了一下道：「瞎子這一走，給你留下了不少麻煩吧？」

羅獵笑道：「有是有一點，不過大家心知肚明，他們也不敢輕易動我。」

張長弓知道羅獵從來都是個把朋友的事看得比天大，把自己的事情說得輕描淡寫的人，低聲道：「弟妹和侄女呢？」

羅獵道：「也來了，我帶她們散散心，順便見見洪爺爺，老人家估計沒多久時間了。」

張長弓道：「瞎子這次得罪了太多人，尤其是盜門，他們這一派可是出了名的不擇手段。」

羅獵道：「青虹是法籍，小彩虹新近認了法國領事蒙佩羅當教父，整個黃浦沒人敢動她們。」

張長弓點了點頭，他也相信羅獵的能力足可以保護家人，就算沒有羅獵所說的這些，單單是葉青虹的財力和本事也足夠自保。

阿諾忍不住罵了一句：「瞎子這個混蛋，瞞得我們好苦，我要是早知道，就把他扔在醫院，讓他自生自滅。」

羅獵道：「話不能這麼說，其實他也有不得已的苦衷。」

陸威霖道：「苦衷是有，不過他這次捅出的漏子可真不小，我去看他的時候，他還在跟我裝失憶，我一提他欠我錢的事情，這孫子頓時急了，忍不住露出了馬腳。」

聽他這麼說，幾人都笑了起來。

陸威霖道：「他說他不知道外婆留給他的東西是什麼，當初陳阿婆死的時候，特地叮囑他，除非逼不得已，否則決不可取出那東西。」

羅獵點了點頭，看來和自己做出的推斷一致，陳阿婆之所以將這兩樣東西留下，就是擔心萬一她死後身分暴露，瞎子還能夠憑藉這兩樣東西保住性命，從自己瞭解到的情況，瞎子是應該沒有動那兩樣東西的。

張長弓道：「到底是誰對他這麼瞭解呢？」

阿諾道：「那還用說，肯定是非常瞭解他的人。」

陸威霖白了他一眼道：「跟沒說一樣。」

羅獵沒說話，他知道當時打暈瞎子的是周曉蝶，可是周曉蝶又是在失去意識的情況下，如果不是羅獵趁機侵入她的腦域，也不會瞭解這件事，而這個秘密羅獵準備永遠藏在心底，他不想這件事成為瞎子夫婦之間的裂痕，更不想周曉蝶因此而內疚終生。

羅獵道：「事已至此，說什麼都沒用，只要他們找不到瞎子，這件事的風波也就會慢慢平復。」

陸威霖反問道：「真會平復嗎？你能確定他們不會找你的麻煩？」

羅獵道：「我是個不怕麻煩的人，誰找我麻煩，肯定會變得更麻煩。」

「那倒是！」陸威霖說完笑了起來。

羅獵岔開話題道：「這麼久沒見，咱們能不能聊點別的，威霖，你去南洋這幾年都做了什麼？」

陸威霖道：「買了片橡膠園，日出而作，日落而息，跟著那幫馬來人一起割橡膠。瞎子就被我安排去幹這個活了，至少累他半年。」

幾人腦補出瞎子汗流浹背割橡膠的場景，一個個都笑了起來。羅獵道：「個人的事情呢？」

陸威霖笑道：「我哪有你們那麼好的福氣。」他並沒有說實話，其實他並不是一個人去了南洋，和他同去的還有百惠，如果這次不是瞎子遇到了麻煩，陸威霖仍然留在南洋，即便是每天勞累，可生活是安定滿足的，百惠已經懷孕半年了，再過幾個月，他就要當父親了。

羅獵道：「阿諾，你跟瑪莎呢？」

阿諾道：「就快離婚了，她什麼都管我，不讓我喝酒不讓我賭博不讓我抽煙，甚至不讓我看女人……」他的話又引來了一場大笑。

阿諾愣愣地望著幾位老友：「笑個屁啊？你們能不能有點同情心？這女人就是隻老虎，如果我婚前知道她會變成這個樣子，我說什麼都不會結婚。」

羅獵道：「當初愛得死去活來的也是你，說人家是天仙美人的也是你，現在天仙美人成了母老虎。」

張長弓笑道：「所以，**得不到的才是最好的**。」

幾人把目光同時都落在了張長弓身上，張長弓愕然道：「都看我幹什麼？」

陸威霖道：「厲害啊，老張，你大字不識居然能夠說出這種話？」

張長弓道：「三日不見刮目相看，我雖然大字不識，可這些年也走了不少地方，沒吃過豬肉也見過豬跑。」

鐵娃跟著驕傲：「我師父可有學問了。」

噗！阿諾已經將嘴裡的那口酒噴了出去。

張長弓瞪了他一眼道：「你笑個屁啊？」

阿諾笑得上氣不接下氣：「我知道你怎麼這麼說，你是有感而發。」他知道張長弓跟海明珠的事，所以才這麼說。

張長弓被他說急了：「金毛，再胡說八道我揍你啊！」

阿諾道：「有種拚酒！」

「喝，我還怕你一外國佬不成？」

「喝就喝！」

陸威霖拍了拍羅獵的肩頭，他們兩人來到了外面的小陽台上，陸威霖轉身靠在欄杆上，羅獵望著下方的街景。

陸威霖道：「我臨來之前，瞎子跟我說，讓你有時間替他去中西學堂看看，他說特別懷念你們當初上學的時候，還說這輩子可能都過不去了。」

羅獵點了點頭。

陸威霖道：「有句話我不知當不當講。」

羅獵道：「你我兄弟有什麼話不能說？」

陸威霖道：「我感覺瞎子有事情瞞著我們。」因為他瞭解羅獵對瞎子的感情，所以他是經過一番慎重考慮才說出這句話的。

羅獵笑了笑道：「瞎子這個人很小氣，有時候甚至有些自私，可是他從來都不會害朋友，這次的事，他應當也不清楚其中的內幕，也不知道其中的利害。」

陸威霖點了點頭道：「我也沒說瞎子會害我們，只是說他可能隱瞞了一些事。對了！」他突然想起了什麼：「瞎子說當初福伯曾經從他的出手看出他的師承，還提到了盜門陳九梅。」

羅獵想起福伯就曾經是盜門中人，這位福伯其實相當的不簡單，他的真實身分是福山宇治，是日本間諜，甚至參與過當年的追風者計畫，從陸威霖的這句話來看，瞎子的身分應該早已洩露，福山宇治已經死於圓明園地宮，一個死了的人應當不會洩露瞎子的秘密。

羅獵想起了麻雀，他本不想將此事和麻雀關聯起來，可一個個的線索卻不得不讓他這樣想。

羅獵道：「這件事有沒有告訴其他人？」

陸威霖搖了搖頭道：「跟誰都沒有提起過。」

羅獵道：「此事不要再提。」

當天下午，幾人去董治軍的茶社飲茶聽相聲，可中途的時候，有人過來通知董治軍，卻是老洪頭不行了，得知訊息之後，幾人一起去了洪家，等趕到了地方，老洪頭已經駕鶴西去。

洪老爺子八十有四，在這個年代已經是高壽了，所以英子也沒有表現出太多的傷感。像羅獵這種見慣生死的人更是看得豁達，其實老爺子的這四年還是他和風九青交涉的結果，否則老爺子四年前就已經離世。

羅獵在津門多留了一些日子，他讓張長弓幾人陪同葉青虹母女先回去，他要等到過了頭七再回去。

給洪老爺子燒了頭七紙，羅獵特地去了中西學堂，這座由盛先生創辦于十九世紀末的學堂，曾經是寄託著中華崛起之希望，從這裡走出的學生如今許多已經成為社會的棟樑之才。

羅獵已有多年未曾來過這裡，時代變遷，王朝變更，昔日的中西學堂已經廢棄，學堂殘破不堪，連匾額都已經找不到了，大門緊鎖，甚至連看門人都沒有。

羅獵沿著圍牆走了一小段就發現了一個缺口，看了看周圍沒有人注意，羅獵從缺口中鑽了進去，這座學堂廢棄得實在太久，有些校舍因年久失修已經倒塌，道路上也生滿了荒草，因為昨天下過雨，院子裡佈滿了大大小小的水窪。

憑著過去的記憶，羅獵找到了他們教室，透過殘破的窗戶，看到了裡面橫七豎八擺放的桌椅，房門就敞開著，羅獵進入房間內，一股撲鼻的黴味傳來，羅獵用手撫摸著已經剝落的黑板，眼前浮現出一張張充滿稚氣和希望的面孔，他從中找到了兒時的自己，找到了瞎子。那時的他們對未來的世界充滿了憧憬和希望，他們熱血澎湃，立志為中華之崛起而讀書，振興中華，驅逐外敵，少年強則中華強！

羅獵在其中找到了他們的課桌，那張課桌仍然擺放在臨窗的位置，羅獵拂去課桌上的灰塵，可以看到上面仍有小刀刻畫的痕跡，他的唇角露出會心的笑意，往事如昨，昔日的小夥伴如今都已經長大成人，且天各一方。

來到宿舍前，屋後的那棵老槐樹雖然被閃電劈死了一半，可另外的一般仍然保持著旺盛的生命力。

羅獵沿著老槐樹走了一圈，選定了一個位置，取出事先準備的德式兵工鏟開始挖掘，在過去他和瞎子經常玩藏寶的遊戲，瞎子每次藏寶總會被他找到，不過有一次是個例外。那次是他們分別之前，也是他們最後一次玩藏寶的遊戲，羅獵沒有找到，瞎子得意洋洋。

羅獵之所以到這裡來，主要是因為瞎子通過陸威霖轉達的那句話，陸威霖並沒有感到有何異常，而對羅獵來說這卻是一個啟示，瞎子不會平白無故地提起中西學堂。

羅獵於是來到了這裡，來到他們曾經生活過學習過的地方，羅獵在挖開老槐樹旁邊的地面兩尺的深度之後，兵工鏟碰到了一個堅硬的物體，羅獵開始小心挖掘，沒多久，就從地底扒出了一個瓷罐，這瓷罐是過去他們用來撒尿的。

羅獵搖了搖頭，瞎子以為他找不到，可當時羅獵偷偷看到了瞎子藏寶的全部過程，那時羅獵認為瞎子在惡作劇，弄了一罐子尿讓自己去發現，再加上是最後一次玩藏寶的遊戲，乾脆讓從未取勝過的瞎子贏一次。

羅獵以為瞎子也早已忘記了藏寶的事情，可陸威霖這次帶來的消息卻讓羅獵想起了這件陳年舊事。

羅獵捧著瓷罐晃了晃，裡面應該沒有液體，他禁不住笑了起來，隔了這麼多年，仍然害怕瞎子給他設圈套。瓷罐封得很好，蓋子邊緣用蠟封閉，羅獵用小刀將蠟封挑開，瓷罐裡面用油布包著一卷東西，羅獵將那卷東西取出，揭開油布，裡面又是一層報紙，打開報紙，卻見裡面捲著一本《三字經》。

這兩本書很常見，羅獵翻了翻那本三字經並沒有發現任何異常，不過羅獵在翻閱的過程中看到了一個朱印，印記雖然有些褪色，可仍然能夠辨認出這朱印來自於乾隆皇帝。

一本普普通通的三字經，乾隆皇帝怎麼會有興趣，而且還在上面蓋了朱印？聯想起陳九梅曾經潛入皇宮盜走《東山經》和翡翠九龍杯，羅獵心中不禁將這本三字經和東山經聯繫在了一起，其實即便只是一本三字經，因為有了乾隆皇帝的朱印也價值不菲。

羅獵將這本三字經收好了，看著那瓷罐，忽然玩性大發，四顧無人，對著瓷罐撒了泡尿，將瓷罐蓋好放回原處，又將瓷罐埋好了，他決定不告訴瞎子這件事，如果有一天瞎子能夠重遊故地，說不定還會挖出這個寶貝，到時候……

羅獵並沒有直接返回黃浦，而是繼續北上去了北平，他去了父親沈忘憂的埋骨之處，這座四合院羅獵早已買了下來，不過他很少光顧，父親在為他種下智慧種子之後，他的身體就化成了飛灰，最後只留下一只金色指環。

羅獵將父親的骨灰收集起來，和那只指環一起封在了瓷罈中，就地埋在了這座院子裡。

這座四合院羅獵也有近四年沒有光顧，苔痕階綠，野草叢生，羅獵花了整整一天的功夫清理了院子。晚飯之後，他進入了父親當年為他種下智慧種子的地下室，裡面仍然保留著過去的佈局，並沒有任何改變。

因為這裡承載著羅獵痛苦的回憶，即便是他來四合院掃墓，也從未進入過這間地下室，因為就是在這裡，父親用他的犧牲而成全了自己。裡面有許多父親的白描畫作，從那一幅幅的畫上可以看出父親對未來世界的記憶。父親曾經說過，智慧種子的能量自己會慢慢吸收，大概需要十年左右的時間才能將裡面的能量完全吸收，現在已經過去了六年。

羅獵努力回憶著當時的情景，父親就在他的面前變成了灰燼，如果不是父親的經歷，羅獵即便是親眼目睹也無法相信的，可能和父親來自於未來時空有關。

羅獵在一番猶豫之後，終於決定取出當年存放父親骨灰的瓷罈，瓷罈中除了那枚金色指環之外，再也沒有任何的東西。羅獵證實了自己的猜測，連當時他搜集的骨灰都不見了，唯一的解釋就是父親從這個時代徹徹底底的消失了，或許母親也是一樣。

這枚金色的指環和母親當年留下的指環形狀幾乎一模一樣，只不過一大一小，羅獵將母親留下的指環作為結婚戒指送給了蘭喜妹，而蘭喜妹在臨終之前，又將指環還給了他，希望等小彩虹長大之後，羅獵將這指環送給他們的女兒。

羅獵一直將指環串起貼身佩戴著，獨自一人默默想著這些年的經歷，羅獵不禁陷入沉思，他要盡自己最大的努力保護身邊人，絕不讓他們受到傷害。

兩隻指環擺在桌上幾乎一模一樣，羅獵彷彿看到了父母同時出現在了自己的面前，他們一家人從來都沒有在一起團圓過，父親甚至不知道自己的存在。

羅獵自言自語道：「爸，媽，你們教我應該怎麼做？還有五年，我應不應該去？」

其實羅獵的心中早已有了答案，他必須要去，他答應過風九青，五年後他會前往西海陪同風九青尋找九鼎，當時的承諾是為了讓風九青挽救蘭喜妹，換取了蘭喜妹三年的生命。

風九青竟然是蘭喜妹的母親，羅獵感覺上天始終在跟自己開玩笑，總是在不停奪去他心愛的人。

蘭喜妹顯然是知道風九青的計畫的，蘭喜妹想要阻止，但是她所能做的只是讓一切推遲了九年，可該來的始終要來，人生又有多少個九年呢？

羅獵撚起母親的那只指環，貼在自己的鼻尖，似乎仍然能夠聞到來自蘭喜妹的體香，他流淚了，也許這個世界上會有太多人說她不好，可是在他心中蘭喜妹是那樣的美麗深情，她對所有人狠辣卻唯獨對自己溫柔，對所有人自私，對自己卻是無私的，毫無保留的，甚至不惜犧牲她的性命。

記得她曾經說過，她愛小彩虹，但是生下女兒的初衷卻是害怕羅獵以後孤獨，害怕羅獵因她的死而自暴自棄，就此沉淪，所以她要為羅獵留下一個牽掛，要讓羅獵為女兒而好好活著。她甚至在即將離開這個世界之前，背著自己騙葉青虹歸國，她所做的一切都是為了自己。

每念及此，羅獵不由得潸然淚下，他總覺得蘭喜妹給自己的實在太多，他給蘭喜妹的太少，而且今生今世已經沒機會再還給她了。

葉青虹擁有著和蘭喜妹同樣的執念，明明知道蘭喜妹的目的，明明知道自己在五年後仍將前往西海，可她仍然無怨無悔陪著自己，她們都是一樣，為了自己的一個承諾就可奉上一生。

羅獵將那枚指環輕輕放下，銀色的指環落入金色的指環之中，兩隻指環剛好契合，金銀同心圓疊合在一起，從中間的縫隙中，透出淡淡的光芒。

羅獵本以為自己看花了眼，眨了眨眼睛，卻發現光芒變得越來越強盛，在他的面前出現了一個極其真實的畫面。

他看到了身穿軍裝英俊挺拔的父親，看到穿著潔白婚紗的母親，他們手牽手站在綠茵茵的草地上，不遠處是平整如鏡的湖泊，湖面上倒映著白皚皚的雪山和藍色的天空。

羅獵不知這影像是真實發生過還是幻影，他望著父親和母親，他們的臉上洋溢著幸福，這讓羅獵相信，他們一定深愛著彼此……

羅獵不知何時睡了過去，睡夢中看到母親從遠處向自己走來，原本陽光普照可突然變得烏雲密佈，母親停下腳步，就在不遠的地方望著自己，臉上慈祥的笑容突然消失得乾乾淨淨，她舉起右手，烏洞洞的槍口瞄準了自己。

羅獵聽到了槍聲，看到子彈脫離槍口向自己射來，他一個激靈從夢中醒來，大口大口喘息著，這會兒功夫已經驚出了一身的冷汗，看了看時間是凌晨四點，羅獵不知道在夢中因何會發生母親開槍射擊自己的狀況，很快他就向自己解釋，可能是因為夢和現實相反。

桌上的指環仍然放在原來的位置，羅獵將兩枚指環分開，然後再度疊合在一起，仍然出現了淡淡的光芒，空中也再度出現了父母結婚的影像，羅獵心中暗忖，這兩枚指環應當是某種儲存的介質，只有當兩枚指環疊合在一起的時候才會觸發影像的開關。

父母已經屍骨無存，可能這是他們留給這個世界唯一的影像了，羅獵又將父母結婚的影像看了一遍，曾經發生過的一切讓他感到溫暖，讓他感覺到自己是真實存在的。

如果將來有一天，自己也離開了這個世界，不知道自己是否會像父母一樣灰飛湮滅，自己的家人或許無法從影像中找到自己，想到這裡，羅獵心中產生了一個想法。

羅獵回到黃浦的時候已經進入了夏季，天氣又悶又熱，陸威霖和阿諾兩人特地開車過來接他。一上車阿諾就道：「這黃浦的天氣實在是太讓人受不了了，我真想回去了。」

羅獵笑道：「想瑪莎了吧？」

阿諾不好意思地笑了起來：「說來奇怪啊，過去每天都見面的時候覺得煩，現在突然分開，反倒又開始想念了，前兩天她還給我拍電報來著。」

陸威霖一旁呵呵笑了起來：「別往臉上貼金了，還不是你先發的電報。」

阿諾道：「我那是不跟她一般見識。」

羅獵透過車窗望著外面川流不息的人群：「最近情況怎麼樣？」

陸威霖道：「沒怎麼樣，瞎子那件事好像突然就平息了下去，沒人提了。」

阿諾道：「估計風波平息了，也好，省得麻煩啊。」

羅獵卻不那麼認為，這件事不會那麼輕易就平息下去，或許方方面面都在悄悄籌畫著，說不定哪天矛盾就會爆發。

羅獵道：「對了，先送我去程玉菲的偵探社。」

兩人都愣了一下，羅獵剛回黃浦，不急著去見老婆孩子，卻先去程玉菲那裡，難道他又跟這位女神探勾搭上了？兩人只是想想，誰都沒說。

按照羅獵的吩咐，他們將羅獵送到了程玉菲的偵探社，羅獵讓他們先將自己的行李帶回去，天太熱，也沒讓他們等著，回頭自己叫車回去。

程玉菲正在辦公室內翻看著卷宗，因為天太熱，她最近的案子也不是太多，多半時間都躲在偵探社裡歇著，聽說羅獵來找自己，程玉菲趕緊讓李焱東將他請進來。

羅獵是帶著禮物過來的，將津門的幾盒特產遞給了迎接自己的程玉菲：「小小心意，請笑納。」

程玉菲接了過去：「怎麼？該不是賄賂我吧？常言道，禮下於人必有所求，我收了您的東西，回頭萬一你提出什麼過分的要求，我也不好拒絕了。」

羅獵哈哈大笑：「程小姐真是幽默，放心吧，我送東西給你可沒有任何的目的，只是覺得不好意思空手前來，所以給你帶了些津門特產，過去你幫了我不少忙，我一直都沒表示過感謝。」

程玉菲將點心放在桌上，邀請羅獵坐下，給他倒了杯茶，打量了一下羅獵道：「還沒回家就先到我這兒來了？」

羅獵笑道：「什麼都瞞不過你啊，程小姐明察秋毫。」

程玉菲道：「我可沒那麼大本事，剛才汽車停在我樓下的時候，我就看到了，所以就猜測了一下，沒想到讓我蒙準了。羅先生拋妻棄子到我這裡，肯定有了不得的急事吧？」

羅獵故意皺了皺眉頭道：「這話聽著彆扭，我可不是那種人，程小姐最近在查什麼案子？」

程玉菲歎了口氣道：「你看不出來我生意慘澹？」

羅獵道：「那就是有空了？」

程玉菲聽出他的話外之音：「怎麼？羅先生想要照顧我生意？」

羅獵居然點了點頭道：「我還真是有些事想委託你幫我查查。」

程玉菲道：「我的收費可不低喔！」

羅獵道：「開個價唄。」

程玉菲道：「那得先聽聽你要委託的是什麼案子。」

羅獵道：「縱火案，我想查綢緞莊到底是誰放的火，又是誰打傷了安翟。」

程玉菲臉上的笑容消失了，她望著羅獵，他們都是明白人，自己早就向羅獵表明了觀點，她懷疑的人就是周曉蝶，可是她搜集的證據全部被人毀掉了，而真正讓這件案子成為懸案的原因卻是當事者的失蹤，現在別說是嫌疑人周曉蝶，連安翟也失蹤了，程玉菲敢打包票這件事就是羅獵安排策劃的，可是她沒證據。

自己沒找他的麻煩，他居然主動找上門來，委託自己調查縱火案，是在戲弄自己嗎？程玉菲忍著氣道：「羅先生，您是不是最近很無聊？」

羅獵道：「不無聊啊，還遇到了很多的麻煩。」

程玉菲道：「**這個世界上多半的麻煩都是自找的**。」

羅獵點了點頭道：「我認同，可麻煩一旦找上門來就得想辦法解決了，不然這日子可過不舒坦。追根溯源，所有一切還是從那場縱火案開始，我禁不住想，如果不是你來找我瞭解案情，或許我什麼煩心事都沒有。」

程玉菲道：「羅先生是說，我給您惹了麻煩。」

羅獵搖搖頭道：「程小姐，咱們打過不少次交道，也算得上是老朋友了。」

程玉菲道：「我交朋友很慎重，以羅先生的身分，我可能也高攀不起。」

羅獵道：「陳阿婆的真正身分，你是從何處得知？」

程玉菲道：「羅先生不要忘了我的職業，查出一個人的真正身分並不難。」

羅獵道：「如果那麼簡單，這三十年，清廷派出無數神探高手為何找不到陳九梅？盜門勢力遍及天下，他們幾乎傾巢出動，怎麼也找不到陳九梅？」

程玉菲道：「我可以說他們都是廢物嗎？」

羅獵道：「我認識陳阿婆那麼多年，我也不知道她是陳九梅，就連安翟這個外孫子也不知道他的外婆居然是盜門傳奇高手陳九梅。」

程玉菲道：「我好像沒必要解釋其中的過程。」

羅獵微笑道：「你不必說，我已經查到了。」

程玉菲秀眉微微揚了一下。

羅獵道：「你認不認識一位叫福伯的人？」

程玉菲道：「你是說麻雀的一位世伯，據我所知，他已經過世多年了。」

羅獵道：「看來你並不瞭解他，這位福伯的真正名字叫福山宇治。」

程玉菲聞言一驚，從這個名字不難判斷出福伯是個日本人。

羅獵道：「當初麻博軒教授去日本看病，都是這位福伯從中安排，麻雀也是後來才知道他的身分，不過她也未必知道他的全部，福山宇治不但是日本人，他還是一個日本間諜，以竊取我中華情報為目的。」

程玉菲道：「你跟我說這些有什麼意義？我和這位福伯不熟，只有數面之緣，他是誰我不關心，和我要查的案子毫無關係，而且他已經死了，我們要在一個死人身上浪費唇舌嗎？」

羅獵道：「福山宇治是日本間諜，福伯卻是盜門中人，而且是盜門高手，他認識陳九梅。」

程玉菲終於意識到羅獵為何會提到這位已經死去的人。

羅獵道：「陳九梅曾經是盜門第一高手，這樣的傳奇人物，想要隱藏行蹤，即便是高明的偵探也很難查到蛛絲馬跡，除非有人提供線索。」

程玉菲感到臉上有些發熱，羅獵的這句話分明在影射自己。

羅獵道：「福山宇治和安翟交過手，從瞎子的手法上看出他是陳九梅的傳人，陳阿婆終究還是忽略了一件事，如果她不傳給安翟盜竊的手法，可能她的身分永遠不會暴露，安翟也沒有以後的麻煩。」

程玉菲道：「這個世界上沒有不透風的牆。」

羅獵點了點頭道：「不錯，任何行為都會留下痕跡。我思來想去，這就是陳九梅暴露身分的唯一可能。」

程玉菲道：「你很自信。」

羅獵道：「向來如此，程小姐的催眠術算得上一流，可是催眠的極限也就是誘導別人在催眠的狀態下說出一些內心中想要隱藏的想法，卻無法真正做到深入一個人的腦域，窺探這個人的內心世界。」

程玉菲變得警惕，她有些緊張地抓住了椅子的扶手：「難道你可以？」

羅獵道：「我不喜歡窺探別人的隱私，除非有必要，而且程小姐這種防範心理很重的人，別人很難走進你的內心世界。」

程玉菲悄悄鬆了口氣。

羅獵又道：「我們不妨按照你的推斷，周曉蝶縱火燒了綢緞莊，又用鐵棍打暈了安翟，所以那根鐵棍上才會沾有她的指紋，給你提供了所謂確實的證據。」

程玉菲道：「如果那些證據沒有被毀滅，我已經將周曉蝶治罪。」

羅獵道：「你有沒有想過，有個比你更高明的催眠大師，提前控制了周曉蝶的意識，讓周曉蝶在無意識的狀態下做了這一切，而後他悄悄拿走了想要的東西，卻把麻煩留給了安翟夫婦？」

程玉菲道：「羅先生的想像力真是豐富。」

羅獵道：「一個過於注重證據的人，往往會忽略人情的合理因素，你並不瞭解安翟夫婦，如果你對他們多一些瞭解，知道他們這些年受過的苦難，你就會明白，你所設想的犯罪過程根本不存在。」

程玉菲道：「翡翠九龍杯和東山經，無論任何一樣東西都可以讓夫妻反目，兄弟成仇。」

羅獵道：「不重要，對他們不重要，對我同樣不重要。」

程玉菲道：「是你藏起了他們。」

羅獵道：「想做一個好偵探，僅僅依靠破案能力是不夠的，真相有些時候大不過公理。」

羅獵的聲音雖然不大，程玉菲卻感覺到振聾發聵，她沉默了好一會兒，終於開口道：「我對你的委託突然又有興趣了。」

羅獵道：「開個價！」

程玉菲搖了搖頭道：「免費！」

羅獵回到家中，小彩虹因為實在等不及已經睡了，羅獵有些歉疚地望著女兒，湊上去想親親她的小臉，卻被葉青虹攔住了，小聲道：「去洗澡，風塵僕僕的，別弄髒了女兒。」

羅獵笑了起來，他聽話地走向浴室，中途轉向葉青虹道：「要不要一起。」

葉青虹紅了俏臉，抓起一旁的書作勢要丟他。

羅獵笑嘻嘻去了。

葉青虹知道羅獵去了程玉菲那裡，雖然明白羅獵一定有要緊事，可說起話來仍然酸溜溜的：「想不到那位美女偵探比我們娘倆兒加起來還要有吸引力。」

羅獵一手用毛巾擦著頭髮，一手揉了揉葉青虹的頭頂。

葉青虹啐道：「討厭，把人家頭髮都搞亂了。」

羅獵道：「這段時間，我去調查了一些事，可以確定，陳九梅的身分是麻雀洩露出去的。」

葉青虹聞言頗為驚詫：「怎麼可能？她怎麼會知道陳九梅的真正身分？」

羅獵將此事的前因後果說了一遍，葉青虹聽完方才知道其中原因，沉吟片刻道：「按理說不應該如此，麻雀和你們是朋友啊。」

羅獵道：「也許，她想得到東山經，傳說東山經和龍脈、九鼎有關，她的志向就是要完成麻博軒教授的遺願，尋找中華九鼎。」

葉青虹道：「可能還有別的原因吧。」

羅獵沒說話，葉青虹從身後抱住他，俏臉貼在他堅實的脊背上：「你明明知道她喜歡你，會不會因愛生恨？」

羅獵道：「你最近沒見過她，她這次回來變得非常理智，變得甚至連我都有些不認識她了，而且我還查到，她這幾年和盜門來往頻繁。」

葉青虹道：「你懷疑，綢緞莊的縱火案和她有關？」

羅獵搖了搖頭道：「應該另有他人，如果是麻雀策劃了這件事，那麼她現在應該撇開和此事的關係才對。」

葉青虹道：「那你到底擔心什麼？」

羅獵道：「我不想她牽涉到這件事中，就算……她已經不再把我們當成朋友，我也不希望成為她的敵人。」

葉青虹道：「不聊這些不開心的事情了，要不要看看婚禮賓客名單？」

羅獵道：「你看著辦唄。」

葉青虹道：「那就是無所謂。」

羅獵雖然沒有看到葉青虹的表情，也知道她肯定不會高興，他慌忙道：「我可不是這個意思，我是想一切以你為準，辦一場讓你終生難忘的婚禮。」

葉青虹道：「甜言蜜語，對了，婚期，你選個日子。」

羅獵脫口道：「十月一日吧。」

葉青虹道：「十月一日？為什麼？」她的印象中這好像不是一個什麼特別的日子。

羅獵道：「因為這是一個中華崛起的日子。」

第五章

桃色新聞

羅獵當然知道最近轟動黃埔的緋聞，
這次的桃色新聞，讓趙虎臣成為整個黃浦的笑話，
趙虎臣是什麼人？開山幫的扛把子，
公共租界首屈一指的實權人物，他豈能咽下這口氣。

張凌空的新世界自從開業以後生意一直紅火，剛開始的時候他還擔心白雲飛會從中作梗，不過在法國領事蒙佩羅出面為他們調解之後，雙方也算相安無事。

張凌空在黃浦不斷拓展著生意，打通方方面面的關係忙得不亦樂乎，可今天的報紙卻讓他感到頭疼，報紙頭版上刊登著張凌峰和陸如蘭的桃色新聞。而且不僅是一份報紙，幾乎黃浦所有具影響力的報紙都刊登了這件事。

張凌空氣得臉色鐵青，剛巧張凌峰過來找他有事，一進門，張凌空就指著他的鼻子怒道：「你幹的好事！我們張家的臉都被你丟盡了。」

張凌峰剛一進來就被他沒頭沒腦罵了一頓，自然是有些糊塗，因為搞不清狀況，他也沒動怒：「大哥，我哪兒招您了，一大早發什麼邪火？」

張凌空將報紙向他丟了過去：「你自己看清楚，什麼女人你好碰，偏偏要碰她？」

張凌峰看了看上面的報導，不屑地笑了起來：「我還當什麼大事，大哥，不就是個女人，黃浦的記者對這種新聞最感興趣，他們想怎麼寫就怎麼寫，又不是捉姦在床，我都不在意，您又何必生氣。」

張凌空怒道：「你說什麼？陸如蘭是誰？整個黃浦誰不知道她是開山幫趙虎臣的女人，你這麼幹，不是逼著趙虎臣跟咱們翻臉嗎？」

張凌峰在沙發上坐下：「一個女人罷了，他趙虎臣該不會因為一個女人就跟咱們翻臉？」

張凌空道：「你啊你，讓我說你什麼好，你想要女人，我這新世界這麼多美女，你隨便挑選，如果你不喜歡這些庸脂俗粉，黃浦那麼多名門閨秀，憑咱們張家的名望，誰不得對你高看一眼，可你偏偏就看上陸如蘭。」

張凌峰道：「大哥，說夠了沒有？罵夠了沒有？我的事情還輪不到你管。」

他狠狠將手中的報紙扔在了地上，轉身離開。

張凌空搖了搖頭，他畢竟是張凌峰的堂兄，剛才的這番話雖然是為了這位兄弟著想，可人家並不領情，張凌峰年少風流，在滿洲就惹下了不少的麻煩，如今來到黃浦仍然不懂得收斂。

張凌空考慮再三，決定主動給趙虎臣打一個電話，他的新世界雖然開在法租界，但是很多生意都是在公共租界，趙虎臣在公共租界的地位等同於白雲飛在法租界，如果因為這件事得罪了趙虎臣，肯定會有許多的麻煩，張凌空可不想在生意拓展期間遇到阻礙。

趙虎臣同樣看到了報紙，雖然他已經減少了和陸如蘭見面的頻率，可並不代表著他對這種事可以無動於衷，整個黃浦都知道陸如蘭是他的女人，現在因為報紙的宣揚，所有人都知道他被張凌峰戴了綠帽子，是可忍孰不可忍，趙虎臣感覺到自己已經變成了別人眼中的笑話。

管家來到趙虎臣身邊，小心翼翼道：「老爺，張公館的電話。」

趙虎臣嗯了一聲，鐵青著臉走了過去，拿起電話，深深吸了口氣，平復了一下情緒道：「喂！」

電話那頭傳來張凌空的聲音：「虎臣兄，是我，張凌空。」

趙虎臣道：「張先生怎麼想起跟我打電話？」

張凌空道：「有日子沒和虎臣兄一起喝茶了，所以想約虎臣兄一起喝茶，順便來新世界玩玩，我這邊剛來了一位新人，樣貌身材那可都是一流啊。」

聽話聽音，趙虎臣這種老江湖一聽就明白張凌空的意思，他淡然道：「可能是我老了吧，對這些反倒沒了興趣，寧願留在家裡，寫寫字，看看報，今天的報紙我還沒來得及看呢。」

張凌空道：「報紙有什麼看頭，這年頭的新聞，多半都是假的。」

「也不盡然，記者有時寫的東西還是確有其事的，空穴來風未必無因嘛。」

張凌空道：「虎臣兄……」

趙虎臣顯然沒有了繼續跟他說下去的心情：「對不起，我家裡來了客人，咱們以後有時間再聊。」

張凌空聽到聽筒內傳來嘟嘟嘟的盲音，他意識到這次的事情可能比預想中更加嚴重，趙虎臣分明是被觸怒了。

張凌空放下電話，向手下人道：「去，把少帥找來，我有要緊事跟他談。」

張凌峰雖然頂撞了張凌空，可他也不是傻子，他和陸如蘭的桃色新聞滿天飛，趙虎臣不可能不知道，也不可能不在意，張凌峰骨子裡是看不起趙虎臣這種地頭蛇的，認為趙虎臣只是一個下三濫，可他也知道強龍不壓地頭蛇，這裡畢竟是黃浦，不是北滿，他在北滿是一呼百應的少帥，可在這裡別人只當他是一個公子哥。

張凌峰決定先離開黃浦一段時間避避風頭，他沒有跟張凌空打招呼，回去之後，收拾了行李。來到停車處，發現司機不在車內，他搖了搖頭，自己拉開了汽車的後尾箱，後尾箱展開之後，張凌峰的面孔為之色變，他看到尾箱內蜷曲著一具女子的屍體，那女子遍體鱗傷，顯然生前遭受了不少折磨，此女正是交際花陸如蘭。

張凌峰轉身想逃，卻看到從四周出來幾名蒙面男子，他們手中烏洞洞的槍口全都瞄準了自己。

「少帥，麻煩跟我們走一趟。」

張凌峰在自己的府邸前被人劫持了，法租界巡捕房的劉探長終於知道什麼叫禍不單行，他雖然僥倖躲過了前兩次的麻煩，可沒想到這次的麻煩來得這麼快，而且比以前更大，仍然是法國領事蒙佩羅給他下了限期破案的命令，三天之內必須破案。

劉探長這次的第一反應不是去找程玉菲協助辦案，而是去拜訪了羅獵和葉青虹，因為他明白即便程玉菲願意幫助自己，即便是出動整個法租界乃至整個黃浦的巡警，也未必能夠在三天內破案。

在法租界內能夠和領事說上話的人不多，能夠對他造成影響的華人更不多，要麼劉探長跟人家沒這份交情，要麼人家不可能為自己出面，劉探長想來想去，也只有羅獵最可能幫忙。

羅獵對劉探長的來訪也感到突然，不過聽他說完情況之後馬上就明白了劉探長所面臨的困境。

葉青虹剛剛晨跑完回來，跟劉探長打了個招呼，先上樓去了。

劉探長向羅獵道：「羅先生，本來我是不好張這個嘴的，可領事先生只給了我三天，三天吶，讓我去哪兒去找人？現在連一點線索都沒有。」

羅獵道：「綁架通常是有目的的，難道他們沒有和張家聯繫？只要提出要求就能夠順藤摸瓜找到線索。」

劉探長苦笑道：「哪有什麼線索，自從張凌峰被劫持之後，壓根沒有綁匪主動聯絡過，我就怕人家不是為了財。」

羅獵道：「不是為了財又是為了什麼？」

劉探長道：「羅先生不看報的？」

羅獵一直都關注每天的新聞，當然知道最近轟動黃埔的緋聞，心中也明白劉探長的意思，不是為了財就是為了報復，張凌峰跟陸如蘭有染，而陸如蘭一直被趙虎臣視為禁臠，這次的桃色新聞讓趙虎臣成為了整個黃浦的笑話，趙虎臣是什麼人？開山幫的扛把子，公共租界首屈一指的實權人物，他豈能咽下這口氣。

羅獵端起咖啡喝了一口道：「這新聞我也知道，不過也不能相信一些小道消息。」

劉探長道：「這件事涉及很廣，所以我得慎重，可領事先生又給我下了死命令，限我三天內破案，我真是一點辦法都沒有了，如果這位張少帥人在法租界，我還有能力將他找到，可如果被轉移出去，我就算有通天的本事也不可能在三天內破案。」

他陪著笑臉道：「所以我今天過來的主要目的是想請羅先生幫忙……」

「劉探長又想羅獵幫你什麼忙呢？」葉青虹沐浴更衣之後，從樓上下來，整個人容光煥發，美豔不可方物。

劉探長滿臉堆笑道：「葉小姐好，我是說……」他擔心葉青虹沒那麼好說話，所以看了看羅獵，希望羅獵能夠為他開口。

羅獵道：「劉探長說吧，你是我的朋友，只要我們能幫到你一定會盡力。」

劉探長聽他這麼說，這才將前來的目的又對葉青虹說了一遍，葉青虹道：「這樣吧，此事影響很大，我也不敢保證一定能夠幫你辦成，不過我可以去領事那邊代你說明一下實際情況，希望他能夠多寬限幾天。」

劉探長笑道：「只要葉小姐願意開口，我想領事先生一定會給這個面子。」他起身拿起帽子道：「我就不耽誤兩位的時間了，案情緊迫，我還得去跟進。」

羅獵道：「我送你。」

羅獵送劉探長出門，劉探長道：「羅先生留步，這件事還望多多幫忙。」

羅獵笑道：「你放心吧，對了，劉探長，我朋友安翟的案子怎麼樣了？」

劉探長聽他一問心中就明白了，其實安翟的案子算不上什麼大案，案發之後，劉探長就專門請教過程玉菲，通過程玉菲的分析，他也明白這件事的策劃者是誰，不過劉探長很聰明，在這件案子上採取了靈活的處理方法，其實就是束之高閣。他故意歎了口氣道：「沒有任何線索從何查起。」

羅獵道：「我倒是有些線索，安翟的失蹤案應該和盜門有關，此前的縱火案也是一樣。」

劉探長是個明白人，點了點頭道：「我馬上將此列為調查的重點，聯絡黃浦所有警署，重點排查盜門的犯罪事件。」

羅獵道：「那就拜託劉探長了。」

羅獵回到家，葉青虹已經給法國領事蒙佩羅打完了電話，電話中蒙佩羅答應將查案日期寬限到七天，這已經是蒙佩羅能給的最大人情，畢竟張凌峰身分敏感，如果他在法租界出了事情，必然會引起整個法租界上層社會的震動，甚至會驚動國和國之間的外交層面。

葉青虹放下電話，向羅獵道：「真搞不懂你，那個劉探長值得你那麼幫忙？」

羅獵道：「他這個人還算厚道，瞎子的事情還得靠他給我引導風向。」

葉青虹笑道：「陰險！」

羅獵挨著葉青虹坐下，端起面前的咖啡，葉青虹道：「涼了，我給你換一杯。」

羅獵搖了搖頭道：「別麻煩了，到底是誰劫持了張凌峰呢？」

葉青虹道：「他這個人一直自視甚高，自命風流，其實還是個長不大的孩子，別看他在外面目空一切，可在他父親張同武面前根本抬不起頭來，張同武倒是一直盡力栽培他，可他不爭氣，在滿洲指揮了幾場和徐北山部的戰鬥，都以失敗告終，否則張同武也不會讓他到黃浦來。」

羅獵道：「張凌峰骨子裡倒不是什麼壞人。」

葉青虹道：「那個張凌空是他的堂兄，張家在滿洲的形勢不好，徐北山在日本人的支持下勢力不斷壯大，現在蒼白山大半都落在了他的手中，張家控制的北滿地盤不斷縮小，所以他們才會提前向黃浦轉移財產，這是為了將來有可能敗走滿洲鋪後路。如果張凌峰爭氣，張同武又何必將這種事情交給侄子去做？」

羅獵道：「案情很複雜啊。」

葉青虹道：「你什麼時候對破案也有興趣了？難道是受了那位美女神探的影響？」

羅獵看了她一眼道：「我怎麼聞到醋味兒？」

葉青虹擰了他耳朵一下，輕聲道：「你怎麼看？」

羅獵指了指茶几上的報紙道：「從表面上看，這趙虎臣的確有最大的嫌疑，張凌峰動了他的女人，趙虎臣為了這張顏面也必須要出這口氣，綁架報復都合情合理。」

葉青虹點了點頭，巡捕房按照這條線索去查或許會有收穫。

羅獵道：「可這麼明顯的事情，我們能夠想到，別人也一定能夠想到，趙虎臣也不是傻子，現在滿城風雨，張凌峰出任何事，第一嫌疑人都會是他，你覺得他會那麼幹嗎？」

葉青虹道：「這種窮凶極惡的人物搞不好會知難而上。」

羅獵道：「不排除這個可能，不過張家的仇人實在太多，遠的如滿洲的徐北山，近的有法租界的白雲飛。」

葉青虹點了點頭道：「這些仇人都可能利用這次的事件。」

葉青虹有些擔心道：「你說張凌峰會不會有危險？他畢竟幫過我的。」別的不說，在當初對付蕭天行的事情上，如果沒有張凌峰的幫助，葉青虹也很難順利達成目的，雖然葉青虹對張凌峰的追求很反感，可她仍然將張凌峰當成了朋友。

羅獵道：「這樣吧，我去跟白雲飛談談。」

葉青虹道：「你懷疑白雲飛？」

羅獵微笑道：「如果排除了他的嫌疑，搜查範圍也會縮小，你說對不對？」

白雲飛聽聞羅獵前來拜訪，讓人將他請了進來，管家常福將羅獵帶到了白雲飛的身邊，白雲飛正在擺弄他剛剛得到的一套茶海，上好的金絲楠木，經過茶水的潤澤更顯露出金黃色的紋路，一套汝窯的精美茶具擺在其上，相得益彰。

白雲飛笑道：「羅老弟，你來得正好，看看我這套茶具怎麼樣？」

羅獵道：「我是個外行，反正您白先生看得上眼的都是不可多得的寶貝。」

白雲飛道：「這可稱不上什麼寶貝，跟皇宮大內之物不能相提並論。」他話中有話，分明還惦記著翡翠九龍杯和東山經，而且白雲飛也和多數人一樣，認定是羅獵把安翟轉移了出去。

羅獵在白雲飛的對面坐下，耐心看著白雲飛慢條斯理地泡茶，白雲飛泡茶的手法非常嫻熟，一看就知道在這方面進行過專門的研究，羅獵又想到他曾經的舞台經歷，這巧妙的手法應當和他的戲劇功底有著相當的關係。

白雲飛將泡好的一杯祁紅遞給了羅獵，羅獵嗅了嗅茶香：「白先生喜歡紅茶？」

白雲飛道：「我是個懶人，這套茶具剛剛拿出來，紅茶開片兒更快。」

羅獵道：「看來我運氣不錯，一不小心就拔了個頭籌。」

白雲飛端起茶盞，品了口酒道：「羅老弟的運氣一直都不錯。」

羅獵道：「原來白先生一直那麼看我。」

白雲飛道：「我始終認為，人活在這個世界上，能有多大成就，一半運氣，一半本事，很多時候運氣比本事更重要。」

羅獵道：「白先生的話總是那麼充滿哲理。」

白雲飛笑道：「我的想法而已，你未必認同。」

羅獵道：「白先生覺得自己的運氣如何？」

白雲飛道：「也算不錯，可我總覺上天對我不公，我是不是太貪心了？」

羅獵笑道：「人若是沒有貪欲，這個社會又怎能進步？**整個人類歷史其實就是由貪欲書寫**。」

白雲飛道：「這話我贊同，如果從老祖宗開始就安於現狀，那麼又豈會有今日之發展？」

羅獵品了口茶：「我喜歡用白瓷茶具喝紅茶。」

白雲飛道：「回頭我送你一套德化白瓷。」

羅獵的目光掃到了一旁的報紙：「白先生在看新聞啊。」

白雲飛笑道：「最近才關心，而且新聞讓我格外開心。」

羅獵道：「可不可以讓我分享一下您的開心。」

白雲飛道：「張凌峰被人給劫持了，你說我應不應該開心？」他大笑起來，笑聲止住之後又道：「羅老弟，你說這是不是報應呢？他們張家非要踩到法租界來，那麼大的公共租界還不夠他們折騰？」

羅獵道：「白先生這話也就是咱們自己人說說，若是讓外人聽到了，指不定會說什麼？」

白雲飛道：「說什麼？我害怕他們說什麼？難不成還有人要把張凌峰失蹤的事情懷疑到我的頭上？」

羅獵道：「眾口鑠金積毀銷骨，就算你沒做過，可一個人說你做了，兩個人說你做了，一傳十十傳百，到最後你就是渾身長嘴也說不清楚。就像安翟的事情，明明是被人劫持，卻到處傳言是我把他給藏了起來，這道理跟誰去說？」

白雲飛道：「一個人如果太在意別人的說法就做不成大事，你我都不是這樣的人。」

羅獵道：「白先生，我今天來，是想求您幫我一個忙。」

白雲飛點了點頭道：「只要不是讓我幫忙救張凌峰，其他的事情都好說。」

他是聰明人，羅獵還未來得及開口就先把他的要求給擋回去。

羅獵笑了起來：「白先生真是厲害啊。」

白雲飛道：「咱們認識多少年了，多少還是有些瞭解的，羅老弟，你宅心仁厚，你能以德報怨，可我不能，我欠你的人情，但是不欠張凌峰的，你也不欠他，當初在我府上，如果不是你救他，他當時就死了，可事後呢，他恩將仇報，居然不肯為你作證，不要告訴我你已經忘了這件事。」

羅獵道：「他也不是恩將仇報，他的確沒看到當時的狀況。」

白雲飛道：「老弟啊，張凌峰幹的事兒犯了江湖大忌，我只能答應我不會落井下石，至於幫他，我是絕不會去做的。」

羅獵道：「那咱們就不提這事，我還有一件事。」

白雲飛不由得一愣，他才知道羅獵還有後手，自己剛剛說過只要不是讓他幫著救張凌峰，其他的事情都好說，這下等於自己給自己設了一個圈套，苦笑道：

「羅老弟，還是你厲害。」

羅獵笑道：「白先生千萬別擔心，也不是什麼太為難的事情，最近虞浦碼頭經常發生失竊事件。」

白雲飛道：「虞浦碼頭位於公共租界……」說完他就忍不住笑了起來：「得，這事我幫你解決。」

羅獵道：「我聽說是盜門的人從中作祟。」

白雲飛望著羅獵，心中猜測著他的想法，其實葉青虹拿下虞浦碼頭，讓公共租界的許多勢力眼紅，失竊的事情未必一定是盜門在做，而羅獵說得如此肯定，他的意思是……

羅獵道：「白先生可否幫忙給他們施加一些壓力？」

白雲飛明白了，羅獵這是要借自己的手來打壓盜門，白雲飛道：「咱們是朋友啊，你好不容易向我開了口，這事兒我總不能不答應。」

此時常福走了過來，恭敬道：「老爺，外面有個姓程的女偵探，想見您問點事。」

白雲飛面孔一板道：「沒空！」

羅獵心中暗忖，這過來求見的女偵探十有八九就是程玉菲，看來劉探長也是

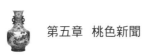

走投無路，能用的辦法都用上了。

辭別白雲飛，羅獵走向自己的汽車，卻見程玉菲就在自己的汽車旁站著。原來她在白雲飛那裡吃了閉門羹並沒有馬上走。

看到羅獵，程玉菲笑道：「果然是你，羅先生，不介意我搭個順風車吧。」

羅獵點了點頭，拉開車門請程玉菲上去了，啟動汽車之後道：「程小姐這是準備去什麼地方？」

程玉菲道：「你去哪裡？」

羅獵道：「虞浦碼頭。」

程玉菲道：「也送我去那裡吧，我去公共租界，虞浦碼頭好像離趙虎臣的家不遠。」

羅獵開車向虞浦碼頭的方向駛去，程玉菲拉開手袋，對著鏡子補了點妝。無意中看到羅獵在笑，她忍不住道：「你笑什麼？」

羅獵道：「你今天化妝了啊。」

程玉菲道：「麻雀送給我的化妝品，不用可惜了。」她把手袋收好，攏了攏頭髮：「你來找穆天落啊。」

羅獵點了點頭道：「虞浦碼頭正在改建，可三天兩頭地丟東西，我讓他出面幫我解決一下。」

程玉菲道：「有沒有查清是什麼人在搗亂？」

羅獵道：「沒必要查，反正只要觸犯了別人的利益就會有麻煩，這種事報警也沒用，最好的辦法就是背地裡擺平。」

程玉菲道：「張凌峰的事情你聽說了吧？」

羅獵道：「整個黃浦傳得沸沸揚揚，我要再沒聽說豈不是孤陋寡聞。」

程玉菲道：「你怎麼看？」

羅獵道：「我又不是偵探。」

程玉菲笑道：「反正這裡也沒有別人，說說你的看法幫我開拓一下思維。」

羅獵道：「你去找趙虎臣就是要去瞭解案情吧？」

程玉菲道：「我總覺得趙虎臣沒那麼傻，這種時候動手，豈不是所有人都猜到是他幹的？」

羅獵道：「所以你去找穆天落。」

程玉菲道：「知不知道你們也有嫌疑？」

羅獵道：「說來聽聽。」

程玉菲道：「張凌空和你們因為藍磨坊的地發生過一些矛盾，你和他又在新世界舞會上發生衝突，據我的調查，張凌峰一直暗戀葉青虹，你的未婚妻。」

羅獵道：「你乾脆懷疑是我綁架了張凌峰。」

程玉菲道：「我只是說理論上有這種可能。」

羅獵道：「理論上任何人都有可能，首先不能排除綁架勒索贖金的可能。」

汽車已快到虞浦碼頭，程玉菲道：「你在碼頭放下我就行，我走過去。」

羅獵道：「送佛送到西天，怎能半途而廢。」可是來到虞浦碼頭門前的時候，看到有不少人圍在那裡，旁邊居然還出現了一輛警車，羅獵頓時生出警惕，他將汽車停了下來，必須先搞清到底發生了什麼事情。

程玉菲跟他一起向碼頭走去，一位碼頭工人看到了羅獵，趕緊迎了上來：「羅先生，您來得好快，剛剛派人去通知您。」

羅獵道：「怎麼？發生了什麼事？」

虞浦碼頭發現了一具女屍，屍體被沉入水中，進行碼頭改造工程的工人發現了女屍，第一時間報了警。

在虞浦碼頭負責監工的張長弓，剛讓鐵娃去通知羅獵，想不到羅獵這麼快就來了，問過才知道羅獵是路過。

程玉菲聽說發現女屍，也打消了馬上前往趙虎臣那裡的念頭，來到發現女屍的現場，屍體已經被打撈了上來，全身赤裸，因為被水浸泡了很長時間，再加上天氣炎熱，現場傳來陣陣惡臭。

程玉菲戴上口罩，她和黃浦各區的巡捕都很熟，所以很順利進入了隔離區，來到女屍旁邊，詢問那名現場法醫道：「身分確定了嗎？」

法醫搖了搖頭，程玉菲拉開裹屍袋，朝裡面看了一眼，內心不由得一沉，她離開了隔離區，褪下手套，來到羅獵身邊道：「陸如蘭！」

羅獵知道這次真的遇上麻煩了，剛才在汽車內，程玉菲讓他分析案情，還說他和葉青虹也有嫌疑，想不到居然被她說中，陸如蘭的屍體被發現在虞浦碼頭，雖然無法證明綁架案就是他們所為，可無疑已經將他們扯進了案子裡。

此時公共租界巡捕房的警長于廣龍來了，他和羅獵也是打過交道的，當年因為于衛國的案子，于廣龍對羅獵展開調查，而且處處針對，雖然後來證明了羅獵的清白，可于廣龍和羅獵之間一直沒有什麼聯絡。

于廣龍還有一個身分，他曾經是張同武的部下，張家將選擇黃浦作為後路其中一個很重要的原因就是于廣龍，張凌空之所以能夠在公共租界這麼快站穩腳跟，和于廣龍的引薦有關。

于廣龍在初步瞭解案情之後，馬上下令查封虞浦碼頭。

查封就意味著停工，非但如此，作為虞浦碼頭的負責人羅獵被當即要求前往巡捕房配合調查。

一身警服的于廣龍望著羅獵，歎了口氣道：「羅先生，想不到啊，咱們會以這種方式見面。」

羅獵道：「于警長，就憑著一具女屍要把我給帶到警局調查？」

于廣龍道：「這理由還不夠充分嗎？」

「不夠充分吧？」程玉菲走了過來。

于廣龍道：「程小姐，您怎麼也在啊？」

程玉菲道：「屍體是從上游漂過來的，死亡時間已經超過了一天一夜，死前遭受了不少的折磨，手足的骨骼都被人打斷了，于探長僅憑著在碼頭發現屍體就能斷定這裡是凶案現場？然後就將羅先生列為嫌疑人是不是有些太草率了？」

于廣龍被程玉菲一連串的發問弄得有些臉上無光，他乾咳了一聲道：「我只是請羅先生協助調查。」

程玉菲道：「羅先生，我提醒你啊，你有權拒絕的，如果你現在去巡捕房，要考慮影響自己的名譽啊，就算事後證明了你的清白，可影響一旦造成，你總不能再起訴于警長，讓他給你登報道歉？」

于廣龍聽出程玉菲的潛台詞，他也知道羅獵在黃浦的能量，馬上笑了笑道：「大家都是朋友，我只是公事公辦。」

程玉菲道：「其實查出案發地點並不難，最近天氣悶熱，無風無浪，水流速度是一定的，根據死者的屍體可以大致推算出她死亡的時間，再測算水流的速度，應該可以測算出她在水中的距離，我們可以從這裡進行反向推算，倒推出案發地點的大概範圍。」

于廣龍跟著點頭，程玉菲的本領他是知道的，速度乘以時間的確可以算出距離。根據目前掌握的情況，陸如蘭的屍體應當是從上游漂過來的，也就是說兇殺現場不可能在虞浦碼頭，只是羅獵比較倒楣，湊巧遇到了這檔子事。

于廣龍道：「羅先生，您可以先不用去巡捕房，不過最近一段時間最好不要離開黃浦，可能我們會隨時找您瞭解情況，還有這虞浦碼頭近期需要關閉，工程必須暫停，等我們調查清楚狀況再考慮重新開工的事宜。」

羅獵只能點頭答應下來。

巡捕將屍體運走後，馬上查封了碼頭，工地的工人就地遣散，羅獵讓張長弓去安排善後事宜。他去辦公室給葉青虹打了個電話，告知她碼頭發生的事情，讓她不用擔心，不過也讓葉青虹做好心理準備，很可能會有巡捕去對她進行調查。

羅獵離開虞浦碼頭，看到程玉菲仍然在自己的車前站著，他向程玉菲道：「剛才的事，真是要謝謝你了。」

程玉菲道：「你不用謝我，只要是有腦子的都不會把這裡視為凶案現場。」

羅獵指了指汽車道：「我送你去趙虎臣那裡。」

程玉菲也沒跟他客氣，上了車，羅獵啟動汽車之後，她卻讓羅獵調頭。

羅獵道：「你不是要去趙家嗎？」

程玉菲道：「先去找凶案現場。」

羅獵想起剛才她那番根據水流速度和死亡時間推算凶案現場位置的論斷，小聲道：「不是屍檢結果還沒出來？」

程玉菲道：「從虞浦碼頭向上就是法租界，法租界裡的酒廠不多吧？」

羅獵道：「什麼意思？」

程玉菲道：「我在死者的指甲縫隙中發現了酒糟，也就是說死者遭受折磨的地方可能是一座酒廠或者是小規模的酒坊，這酒坊應當位於浦江沿岸，再將範圍限定在法租界。」

她從手袋中取出了一張地圖展開，用口紅在上面標記著：「一共有十一家可能的酒坊，咱們一下午應該能查得過來。」

羅獵此時真正佩服程玉菲起來，專業的畢竟是專業的。

程玉菲道：「怎樣？你想不想儘快查清這件事？」

羅獵道：「想，總不能背著一個嫌疑犯的帽子。」

羅獵和程玉菲兩人沿著浦江調查了所有嫌疑範圍內的酒坊，不過讓他們失望的是，這十一家酒坊都一一排除了嫌疑。程玉菲也有些沮喪，她和羅獵靠在車頭，望著遠處浦江的落日，程玉菲道：「沒理由啊，這十一家酒坊我們都查了個遍，應該說都沒有問題，陸如蘭手指縫隙中的酒糟成分和他們的都不相符，難道還有其他的酒坊，地圖上沒有標記？」

羅獵道：「先別想了，時間不早了，我請你吃飯。」

程玉菲道：「算了，你送我回偵探社吧，你也早點回去，太晚了，不怕葉青虹吃醋？」

羅獵笑了起來，不過他和程玉菲的目光馬上對到了一起，兩人同時道：「醋！」

生產米酒後的酒糟通常用來做醋，這種醋被稱為酒糟醋，就是利用酒糟中殘餘的糖分在利用醋酸菌發酵產生醋酸。程玉菲因為從陸如蘭的指甲縫隙中發現了酒糟，所以認為陸如蘭遭受折磨的時候應當在一個儲存酒糟的環境中，首先將疑點鎖定在沿江的酒廠，所以她和羅獵整個下午都圍繞著這一重點進行調查。

程玉菲剛才無心的一句話，讓兩人同時靈機一動，想到這種酒糟不僅僅存在於酒坊，也大量存在於釀造廠這樣的地方，而整個法租界最大的釀造廠就是浦江釀造廠，這間廠的後台老闆正是白雲飛。

羅獵和程玉菲來到浦江釀造廠的院牆外，程玉菲準備趁著夜色悄悄進入其中調查。

羅獵道：「你考慮好了？」

程玉菲點了點頭道：「這種事可不適合張揚，如果張凌峰沒死，十有八九和陸如蘭關在同一個地方，咱們如果打草驚蛇，綁匪就會馬上將張凌峰轉移，到時候再找他就難了。」

羅獵看到程玉菲手中拿著雨傘，不禁笑道：「這是幹什麼？求雨啊？」

程玉菲道：「我的武器。」

天已經黑了，兩人選了一個僻靜無人的地方，程玉菲拍了拍羅獵示意他蹲下來，羅獵只好蹲下，程玉菲踩著他的肩膀，羅獵慢慢站起身，程玉菲抓住牆頭，雙臂用力爬了上去，然後在牆頭上轉過身，向下面伸手，要把羅獵給拉上來。

羅獵向後退了幾步，助跑之後，騰空一躍，雙手已經攀上了牆頭，一個凌空翻，直接落入了院牆內。

程玉菲看得目瞪口呆，沒想到羅獵的身手那麼靈活。

程玉菲從牆頭上溜了下去，兩人藏身在樹叢後，看到負責巡視的兩名工人從前方走過，等他們經過之後，兩人才迅速通過小路。羅獵道：「這廠子不小，咱們從何找起？」

程玉菲道：「找到倉庫再說。」

兩人四處摸索，在廠子裡摸黑尋找了二十多分鐘，方才找到倉庫，程玉菲看到四處無人，快步向倉庫走去，冷不防一道黑影從旁邊撲了出來，卻是一頭狼犬早已在黑暗中潛伏多時。

程玉菲嚇了一跳，揚起雨傘準備迎擊。可沒等她的雨傘擊中那狼犬，一顆磚頭飛了出來，砸在那狼犬的鼻子上，狼犬被砸得咦唔一聲翻滾著倒在了地上，卻是羅獵關鍵時刻出手為她解圍，一磚就將狼犬砸暈。

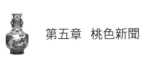

程玉菲向羅獵點了點頭，表示感謝，自己已經驚出了一身的冷汗。

兩人來到倉庫前方，看到大門緊閉，程玉菲從手袋中取出開鎖工具，一會兒功夫就將門鎖打開。拉開一條門縫，兩人進入其中，這裡是用來儲存酒糟的倉庫，裡面的空氣裡瀰散著一股刺鼻的酒糟味道。

程玉菲確信沒有人在裡面值守，這才打開了手電筒，她在周圍尋找著，程玉菲還沒有什麼發現，羅獵卻從地上撿到了一只耳環，耳環做工精美，價值不菲，他將耳環遞給程玉菲，程玉菲借著手電筒的光芒看了看，雖然無法確定這耳環就是屬於陸如蘭的，可在她的印象中，陸如蘭的右耳的確少了一隻耳環。

程玉菲小心將東西收好，她又在地面上發現了一些血跡，利用手頭的工具小心採集了樣本，起身向羅獵道：「這裡很可能就是關押陸如蘭的地方。」

羅獵的意識已經在周圍蔓延出去，他並未在這座倉庫內感知到其他生命的存在，低聲道：「這裡應該沒人，張凌峰不在這裡。」

程玉菲點了點頭，雖然張凌峰沒有被關押在這裡，可至少找到了線索。

羅獵道：「有人來了！」

程玉菲此時才聽到外面繁雜的腳步聲，她遞給羅獵一個口罩，兩人剛剛戴上口罩，大門就被人踢開，外面數道雪亮的手電筒光束照射進來。

「抓住他們，千萬別讓他們跑了！」

程玉菲率先衝了上去，她凌空躍起，一腳踹在首當其衝那名工人的胸膛，將那名工人踢得倒飛出去，然後手中雨傘舞動，左右開弓擋住攻向她的兩支木棍。

羅獵跟著程玉菲的腳步衝了上去，羅獵的動作乾脆俐落，他每出一拳一腳必然要擊倒一人，他和程玉菲兩人相互配合，很快就從這群工人中殺出一條血路。

兩人沿著原路跑了出去，來到院牆處，羅獵先跳了上去，然後伸手抓住程玉菲遞來的雨傘，用力一扯，將程玉菲連人帶傘給拉了上去。

他們翻越牆頭之後，沿著那條小巷一路狂奔，好不容易才擺脫開那群窮追不捨的工人，確信回到了安全的地方，他們才扯下口罩，彼此看了一眼，同時笑了起來。

羅獵回到家已是晚上十一點，葉青虹一直都在等著他，看到羅獵平安回來方才鬆了口氣，柔聲道：「怎麼這麼晚？是不是虞浦碼頭的事情很麻煩？」

羅獵道：「巡捕房沒找你麻煩吧？」

葉青虹搖了搖頭道：「劉探長打了個電話過來，被我一句話懟了回去，我說碼頭的事情我從來都沒有問過，外面的那些生意我也一概不問，反正就是將所有的事情都推個一乾二淨，我估計他們會找你麻煩。」

羅獵笑道：「推給我就對了，男主外女主內，外面的事情當然應當由我來處理。不過你也不用擔心，這事跟咱們沒關係，怎麼也不會賴到咱們身上。」他將剛才和程玉菲一起查案的事情說了，葉青虹聽完道：「這個程玉菲還真是有些本事，居然能夠從屍體指甲縫隙的酒糟這麼點線索一直追查到……咦！你們怎麼會想起去釀造廠？」

羅獵笑道：「本來是查酒作坊來著，可我擔心回來晚了，萬一讓你知道我和程玉菲一起查案可能會醋意大發，於是就靈機一動。」

葉青虹啐了一聲道：「你才是醋罈子呢。」不過若說一丁點想法都沒有也是不可能的，她揪住羅獵的耳朵道：「你給我聽著，你生就沾花惹草的性子，如果讓我知道你敢背著我跟其他女人眉來眼去勾三搭四，我……」

「你怎樣？」

葉青虹道：「我就閹了你！」

羅獵被嚇了一跳：「夠狠的！」

葉青虹笑道：「反正我不能讓小彩虹沒有爸爸，我也離不開你，可真要你對不起我，我又咽不下這口氣。」

羅獵道：「有沒有想過你這麼做最後苦的還是你？」

「我苦什……」葉青虹話沒說完臉就紅了起來，在羅獵肩頭捶了一拳道：

「壞蛋你！」

羅獵挑起她的下頷，正想吻她，卻聽到樓上傳來小彩虹的聲音：「爸爸回來了嗎？」

兩人嚇得趕緊分開，真要是被小孩子看到了可不好，羅獵起身笑道：「小彩虹怎麼還沒睡，來！讓爸爸抱抱。」

穿著睡衣的小彩虹開心從樓上衝了下來，卻被葉青虹攔住，她抱起小彩虹道：「媽媽抱，讓爸爸去洗澡，他累了一天，身上臭死了。」

小彩虹趕緊捂住了鼻子。

羅獵這才想起自己在外面奔波了一天還沒洗澡，今天經歷了那麼多的晦氣事，是應當好好洗個澡再抱女兒。

羅獵洗完澡換上睡衣，來到女兒房內，卻看到小彩虹又已經睡著了，葉青虹向他做了個噤聲的手勢，生怕他吵醒了女兒。

羅獵來到床邊，看到小彩虹雖已睡著，可小手仍然抓著葉青虹的手不放，她對葉青虹這位後媽的依戀甚至超過了羅獵這位父親，當然這也和她們母女兩人整天相處在一起有關。

葉青虹等她睡熟了，方才小心掰開她的手，和羅獵一起悄悄退了出去，葉青虹就住在小彩虹隔壁的套房內，羅獵住在另外一間，他們雖然已經訂婚可是卻沒有夫妻之實。

葉青虹踮起腳尖在羅獵的嘴唇上吻了一記道：「晚安，早點去睡吧。」

羅獵道：「你不打算一起啊？」

葉青虹俏臉一紅：「別忘了信仰。」她信奉基督，遵守教義，在婚前需要禁欲的，而且羅獵曾經是個牧師，無論真假，他們都應當遵守教義，不可以做太出格的事情。

羅獵點了點頭，距離他們的婚期還有不到兩個月的時間，他應當尊重葉青虹的信仰。

羅獵準備離開，葉青虹卻又伸手牽住他道：「不過，只要你乖乖的，我今晚可以陪你。」

月光透過窗紗照射在床上，羅獵躺在床上，葉青虹偎依在他懷中，羅獵發現這樣更是備受煎熬。

葉青虹道：「你在想什麼？」

羅獵道：「我在想冬天掉到冰洞的經歷。」

葉青虹馬上明白了他話裡的意思，螓首埋在他懷中吃吃笑了起來。

羅獵道：「我想回去了。」

葉青虹抓住他道：「不許走，今晚就要你陪我。」

羅獵道：「我是擔心萬一在你床上睡習慣了，成癮了，以後一個人睡豈不是要輾轉反側，夜夜失眠。」

葉青虹道：「你現在還不是整天失眠。」

羅獵歎了口氣，他這失眠症狀始終無法減輕，這麼多年也已經習慣了，好在身體也沒有受到任何影響。他想起了一件事：「青虹，我有件事想跟你商量。」

葉青虹抱住他道：「別商量，你一家之主，想什麼只管去做，只要你留在我們身邊，其他的都不重要。」

葉青虹的無私讓羅獵有些感動，他將葉青虹更緊密的擁入自己懷中，輕聲道：「我想開一家電影公司。」

葉青虹道：「好啊！我前陣子還琢磨這件事呢，現在電影公司好賺錢的。」

羅獵想的倒不是賺錢，他首先想到的是要留下一些影響，讓這些美好的影像保留下去，以後女兒還能有機會看到自己，這也是他從父母留下指環的影像中得到的啟發。

「給你看樣東西！」

羅獵從床上起身，去房內拿回了那對戒指，他將窗簾拉上，房門關好，然後將兩隻戒指疊合在一起，當葉青虹看到眼前出現如此逼真的影像，嚇得她一下從床上坐了起來。

羅獵將她擁入懷中，輕聲道：「你看到的是來自未來的一段影像。」

葉青虹看到這浪漫婚禮場面，興奮得美眸生光，她小聲道：「他們是……」

羅獵道：「我的父母。」

葉青虹由衷讚道：「婆婆長得好美，公公也好帥……我好喜歡她的婚紗。」

羅獵道：「咱們可以定製一套更漂亮的。」

葉青虹忽然抱緊了羅獵，在他懷中低聲啜泣起來，羅獵知道她因何而哭泣。

葉青虹道：「如果真有這一天，可不可以帶我和小彩虹一起走？」

羅獵輕輕撫摸著她的秀髮：「無論走到哪裡，我都會回來！」

第六章

慘不忍睹的冰冷屍體

趙虎臣打開信封，只看了一張照片，頓時鼻子一酸，
看到陸如蘭死後的照片，趙虎臣心如刀絞，
一個曾經在他身邊溫柔耳語的女人，一個風情萬種的尤物，
現在變成一具慘不忍睹的冰冷屍體，任誰都難以接受。

白雲飛的釀造廠被查封了，程玉菲在釀造廠倉庫發現的耳環和血跡都和陸如蘭相符，而且在接下來的大搜查中，又發現了張凌峰的鈕釦，張凌峰顯然是故意丟下的。

一時間白雲飛成了重點懷疑對象，因為事關重大，儘管白雲飛是法租界華董，也不得不配合警方調查。

對劉探長的種種提問，白雲飛只有一個回答：「誣陷，一定是誣陷，這些事跟我無關。」

劉探長歎了口氣道：「穆先生，咱們是老朋友，我也相信你的清白，可是在釀造廠的倉庫中發現了陸如蘭的血跡，還有她失落的半只耳環，現場幾顆鈕釦的鑒定結果也出來了，證實就是張凌峰先生所有，也就是說，他們都曾經被關押在釀造廠的倉庫中，而釀造廠恰恰是您的產業。」

白雲飛冷笑道：「我的產業很多，難道我每處產業的狀況都要瞭解？肯定是有人想要誣陷我，買通釀造廠內部的人，把他們兩個關在我的倉庫裡，劉探長，拜託您多想想，如果我要對付張凌峰，還要將他弄到我這裡關起來？留下那麼多的證據？我會那麼多此一舉？」

此時程玉菲走了進來，她向白雲飛笑道：「穆先生，見您一面可真不容易。」

白雲飛道：「只要跟程小姐見面總沒有什麼好事。」

程玉菲道：「李東光這個人你認識吧。」

白雲飛道：「當然認識，我讓他負責釀造廠的事情，平時都是他在管，你們把他叫來問問發生了什麼事情就清楚了。」

程玉菲道：「他死了！」

「什麼？」白雲飛越來越感覺這件事就是一個圈套，試圖把這些麻煩全都引到自己的身上，白雲飛處變不驚道：「怎麼死的？在哪裡死的？」

程玉菲道：「李東光死在了自己的家裡，被人綁起來之後，用浸濕的紙一張張貼在臉上，活活窒息而死。」

「那就是要死無對證了？王八蛋，只要讓我查出是誰在誣陷我，我要將他碎屍萬段。」

劉探長道：「穆先生不要激動，這件事我們一定會查個水落石出。」

白雲飛道：「你們不查我也要查。」他起身要走，劉探長道：「穆先生，您現在可不能走。」

白雲飛冷冷望著劉探長道：「什麼意思？劉探長這是要關押我嗎？」

劉探長微笑道：「不敢，只是想留穆先生把情況調查清楚，您就算要走，也要等您的律師過來辦完手續。」白雲飛知道自己已經成為重點嫌疑人，他點了點頭道：「好，我行得正坐得直，不怕你們調查，劉探長，這幾天我的任何行動都有人證明，要不要把他們全都叫來為我證明呢？」

劉探長和程玉菲來到他的辦公室，劉探長道：「玉菲，這次你可幫了我的大忙。」

程玉菲道：「這次的綁架案應當和穆天落無關。」

「無關？」劉探長表情愕然道。程玉菲點了點頭：「穆天落說得不錯，他想對付張凌峰的話根本沒必要弄到自己的釀造廠裡關起來，而且釀造廠的負責人被殺，讓這件事變得死無對證，穆天落本身就不缺錢，如果鐵了心對付張凌峰，張凌峰此刻可能已經死了。」

劉探長道：「或許已經死了呢？李東光被殺就是為了殺人滅口以免查到他的身上呢。」

程玉菲道：「那陸如蘭的死又作何解釋？據我所知穆天落和陸如蘭沒什麼仇恨吧，他為何要將她牽扯進來？如果說要通過陸如蘭嫁禍給趙虎臣，他又為何留下那麼大的破綻？」

劉探長道：「其實也沒什麼證據能夠將他治罪。」他也明白白雲飛在法租界的地位，只要白雲飛一口咬定對此事不知情，這把火就不能直接燒到他的身上，可經過這件事，白雲飛的聲譽必將受到影響。

程玉菲道：「現在看來，穆天落反倒是最不可能做這件事的，很可能是有人嫁禍給他。」

趙虎臣這幾天一直都待在家裡閉門不出，他知道自己只要出門就會成為新聞焦點，別的不說，就連現在他的家門口也有十多名記者在蹲守，隨時準備對他進行圍追堵截。

先是張凌峰和陸如蘭的桃色新聞，然後是陸如蘭的死訊，現在又把白雲飛牽扯進來，趙虎臣卻感覺到越來越不妙了，白雲飛有沒有做過他不知道，可他敢保證自己沒有做過，雖然他很想殺了這對狗男女，可是他更清楚現在不是時候，君子報仇十年不晚，他可以耐心多等幾天，幾個月，甚至幾年。如果沒有這點忍耐力，他也不可能混到今時今日的地位。

趙虎臣打開懷錶，其實在他的對面就有一尊紅木座鐘，趙虎臣也不是在看時間，他的懷錶殼內有一張照片，陸如蘭照這張相片的時候是風華最盛之時，那時候，整個黃浦的達官顯貴無不以能成為陸如蘭的入幕之賓為榮。想到昔日的紅顏知己，如今已經變成了一具冰冷的屍體，趙虎臣心中的鬱悶和仇恨都悄悄消失了，取而代之的卻是難言的悲傷。

趙虎臣感覺到自己老了，人老了才會有越來越多的慈悲心，他甚至產生了一個奇怪的想法，如果陸如蘭活著，他興許不會去報復她，有緣相聚，無緣則散，既然她心中已經沒了自己，想要跟誰在一起又何必強求？她把最好的青春年華獻給了自己，而自己除了金錢並沒有給她太多，陸如蘭一直都想要一個名分，可自己雖然答應了她，卻嫌棄她的出身，始終沒有兌現，現在回想起來，趙虎臣居然有些內疚，如果自己滿足了她的這個要求，或許不會有以後那麼多的事情，也不會有今日之悲劇。

趙虎臣將懷錶合上，他的親信也是他的外甥徐長山來到他面前，小心叫了聲舅舅，只要不是瞎子都能夠看出趙虎臣的心情不好。

趙虎臣嗯了一聲。

徐長山道：「巡捕房的于警長來了，舅舅，您見不見？」

趙虎臣沒說話，端起茶几上的手把壺啜了一口：「于廣龍！」

徐長山點了點頭道：「就是他。」

趙虎臣道：「你說我病了。」

徐長山應了一聲，轉身準備去通知于廣龍，可趙虎臣又改了主意：「長山，還是請他進來吧，不，請他先去前花園喝茶，我換身衣服。」

于廣龍等了二十多分鐘才見到趙虎臣出來，倒不是趙虎臣有心怠慢，這兩天趙虎臣都沒有出門，甚至連鬍子都沒有修理，他不想外人看到自己的頹廢，特地洗了臉換了衣服，打起精神才來和于廣龍見面。

趙虎臣和于廣龍是多年的老交情，彼此之間存在著許多利益牽扯，趙虎臣剛一出場就拱手作揖，連連道歉：「不好意思，實在是不好意思，我來晚了。」

于廣龍笑道：「趙老闆生意繁忙，日理萬機，時間自然寶貴。」

趙虎臣聽出他話中有不悅的成分，呵呵笑道：「時間再寶貴也不敢慢待于大哥。」他向一旁的傭人道：「看茶，換我珍藏的龍井。」

于廣龍道：「別那麼麻煩，我過來也就是說幾句話，馬上就走。」

趙虎臣道：「昨兒他們從餘杭給我帶來的茶葉，回頭給大哥帶兩罐。」

于廣龍也不跟他客氣，點頭道：「你倒是沉得住氣，外面現在風雨飄搖。」

趙虎臣道：「不是于大哥常說任憑風浪起，穩坐釣魚台，我現在是與世無爭，外界的事情可不想摻和。」

于廣龍知道他口是心非，端起茶盞喝了口茶道：「昨兒在虞浦碼頭發現了一具女性屍體。」

趙虎臣點了點頭道：「我都聽說了。」

于廣龍道：「現在已經能夠證實遇害的就是陸小姐，我記得你說過有陸小姐的消息要馬上通知你，所以我就親自過來一趟，把目前掌握的情況進行說明。」

趙虎臣道：「麻煩于大哥了。」

于廣龍道：「我這兒有幾張照片，看不看，你自己決定。」他將一個信封遞給了趙虎臣。

趙虎臣猶豫了一下還是接過信封，信封並沒有封口，趙虎臣打開信封，從中將照片抽了出來，只看了一張，頓時覺得鼻子一酸，他險些當著于廣龍的面流出眼淚，陸如蘭死得實在是太慘了，聽到陸如蘭死訊的時候趙虎臣還能承受，可看到她死後的照片，趙虎臣心如刀絞，一個曾經躺在他身邊溫柔耳語的女人，一個風情萬種的尤物，現在變成了一具慘不忍睹的冰冷屍體，任誰都難以接受這個現實。

趙虎臣將照片又塞了回去，他決定不再往下看，身為開山幫幫主，再凶險的場面他都經歷過，再淒慘的死狀他都看過，甚至經他手直接殺死的人都要過百，可趙虎臣仍然被陸如蘭的死相觸動了，他連續深呼吸了幾次，方才平復了心情，低聲道：「有沒有什麼線索？」

于廣龍道：「屍體在虞浦碼頭發現，不過是從上游漂下來的，現在已經基本上排除了虞浦碼頭方面的嫌疑，根據法租界那邊的通報，陸小姐應當死於永福釀造廠，在釀造廠的倉庫中發現了她失落的耳環和一些血跡。」

趙虎臣道：「永福釀造廠不是穆天落的嗎？」

于廣龍點了點頭道：「是，釀造廠的負責人李東光在事發後不久自殺，法租界巡捕房對釀造廠進行了查封，現場發現了一些鈕釦是屬於張凌峰的，根據種種跡象表明，張凌峰應當曾經被關押在那裡，而陸小姐也是在倉庫內遭到了折磨甚至虐殺。」

趙虎臣握緊了拳頭：「穆天落怎麼說？」

「他當然是矢口否認，聲稱有人嫁禍給他。」于廣龍說到這裡停頓了一下。

趙虎臣心中的無名火躥升而起，嫁禍？白雲飛什麼意思？這把劍分明是直接指向了自己，張凌峰事件多半人第一反應就是自己在報復，報復張凌峰的同時，又巧妙打壓了對手，這樣一石二鳥的計策的確不錯，可是他根本沒有做過。

于廣龍道：「害人之心不可有，防人之心不可無，趙老闆還是早做防範。」

趙虎臣道：「清者自清，我才不怕那些別有用心的人。」他將手中的茶盞放下：「于大哥，我有一事相求。」

于廣龍點了點頭道：「你說。」

趙虎臣道：「陸如蘭的屍體，我想領出來把她給好生安葬了。」

于廣龍道：「已經做完屍檢，只要趙老闆願意，隨時都可以前往認領，你真是仁義啊。」

趙虎臣心中暗歎，一日夫妻百日恩，陸如蘭畢竟跟過自己，於情於理不能讓她落到如此淒慘的結局。

于廣龍道：「趙老闆，張凌峰和我的關係你也知道。」

趙虎臣當然知道，于廣龍曾經是張同武的老部下，張凌空這次來黃浦創業就是于廣龍在從中幫忙，張家在公共租界的生意，趙虎臣也看在于廣龍的面子上給了不少關照，可即便是如此，張凌峰仍然恩將仇報，居然將自己的女人給睡了，在趙虎臣看來張凌峰死有餘辜，可表面上並未做過激的表露。

于廣龍道：「勞煩趙老闆發動一下手下，幫忙尋找張凌峰的下落。」

趙虎臣道：「于警長真想我幫忙找他嗎？」

于廣龍抬頭看了看趙虎臣的表情，心中不禁一怔，如果趙虎臣先找到了張凌峰，會不會跟他新賬舊賬一起算？于廣龍道：「張凌空已經懸賞二十萬大洋，只要能夠將張凌峰平安帶回來，他馬上就會兌現獎金。」

趙虎臣道：「我趙虎臣雖然沒有張家有錢，可也不是一個要飯的，有些錢我看都不會看上一眼。」

于廣龍道：「等這件事過去，我來做東，張凌空想當面向你道歉。」

趙虎臣道：「不必了，警長幫我跟他說，以後連電話也不要打，就算路上見面我會讓他先走。」

于廣龍聽出趙虎臣這是擺明了再不跟張家合作的意思，心中也暗叫不妙，張凌峰這個少帥可真是害人不淺，他們張家雖然勢力很大，但畢竟是在滿洲，就算在滿洲，他們這兩年的聲勢也大不如前，被徐北山部隊全面壓制，否則也不會動了將財產向黃浦轉移的念頭。

單單是公共租界，張凌空和趙虎臣就有不少合作，現在趙虎臣被張凌峰給戴了綠帽子，以後這筆帳必然要算在張家頭上，估計合作會成為問題，就算是已經定好的事情，也會存在變數。

于廣龍並沒有繼續勸說下去，因為他看出趙虎臣在氣頭上，勸他也沒什麼用處，此事只能等以後再說。

張凌峰失蹤已經是第四天了，圍繞他失蹤產生的消息層出不窮，甚至傳出了張凌峰的死訊。

虞浦碼頭在排除嫌疑之後，重新復工，復工當日，羅獵特地來到工地現場，張長弓和陸威霖、阿諾都在，被查封不過三天，可工地上丟了不少的東西。張長弓檢查過，大門鎖得好好的，貼著封條，可仍然有不少建材被偷。

張長弓道：「看來是得罪了人。」

羅獵點了點頭，身後傳來汽車的鳴笛聲，一輛紅色的轎車徑直駛入了大門，無視門口工人的攔截，一直開到了羅獵的身後。

羅獵轉過身去，看到麻雀推開車門走了出來。

麻雀摘下墨鏡，她和在場的幾人都非常熟悉，跟張長弓他們分別打了個招呼，最後來到羅獵面前：「聽說陸如蘭的屍體就是在這裡被發現的？」

羅獵道：「從上游漂下來的。」

麻雀道：「你不用說我也知道跟你沒關係，你羅獵是正義凜然的真君子，怎麼會做這種見不得光的事情。」

羅獵笑道：「你今天過來是準備跟我吵架的嗎？」

麻雀道：「沒那個精力，也沒那個心情，昨兒是不是丟了不少東西？」

羅獵點了點頭：「過去怎麼沒發現你還有偵探的天賦？」

麻雀道：「最近法租界嚴查盜門中人，抓了不少無辜，聽說這事有人在背後推動。」

羅獵心中有些奇怪，自己的確暗示過劉探長，可這麼快就傳到了麻雀的耳朵裡，聯想起麻雀和程玉菲的關係，估摸著這件事可能和程玉菲有關，羅獵道：「的確應該好好查查了，別的不說單單是虞浦碼頭的工地就接連丟失東西，麻雀，你跟盜門中人熟不熟？如果能夠說得上話幫我說一聲，別總跟我過不去。」

麻雀道：「熟啊，熟悉得很，盜門有盜門的規矩，你不主動招惹人家，人家當然不會找你麻煩。」她指了指前面道：「那裡就是發現屍體的地方嗎？」不等羅獵回答，已經先行向發現屍體的地方走去。

陸如蘭的屍體雖然早已轉移，可是現場仍然有警方畫出的警戒線，所以麻雀不難找到案發點，站在警戒線外看了一會兒，麻雀皺了皺眉頭道：「什麼人那麼狠啊，竟然殺死了黃浦最紅的交際花。」

羅獵道：「你今天是來看熱鬧的？」

麻雀道：「明人不說暗話，你最好跟巡捕房打個招呼，讓他們將最近抓的那些盜門中人全都給放了，否則你的麻煩還會沒完沒了。」

羅獵笑了起來：「你在威脅我啊！」

麻雀道：「不可以嗎？」

羅獵道：「你能保證以後盜門再也不找我的麻煩？」

麻雀搖了搖頭道：「沒有人能夠保證，盜門想要找什麼你知道的，你把安翟兩口子給藏了起來……」

羅獵打斷她的話道：「安翟兩口子的事情跟我無關，我還懷疑是盜門抓走了他。」

麻雀盯住羅獵的雙目，試圖看透他的內心，然而麻雀一如既往地失望了，羅獵深邃的雙目讓她永遠看不透。

羅獵道：「麻雀，如果你還當我們是朋友，我希望你就此罷手，這世上最有價值的東西絕不是什麼寶物。」

麻雀怒道：「你有沒有當我是朋友？什麼值得，什麼不值得我不要你告訴我，是不是要罷手我自己清楚，輪不到你來教訓我！」

羅獵道：「那就是說盜門還會找我的麻煩？」

麻雀點了點頭道：「是，你一天不把安翟的下落交出來，你一天就不會少了麻煩。」

羅獵道：「我這個人不怕什麼麻煩，可是我也要提醒你，有什麼事情只管衝著我一個人來，如果膽敢麻煩我的身邊人，我真會翻臉的。」

麻雀毫不畏懼地跟羅獵對視著。

羅獵道：「如果你不是那麼執著，本可以活得更好。」

「可以嗎？」麻雀的內心有如刀割。

羅獵決定去找程玉菲好好談談，關於麻雀的問題，麻雀這次回來發生了太多的改變，變得讓他有些不認識了，而羅獵更擔心這種變化持續下去，他不想麻雀站在自己的對立面，更不想麻雀變成一個連她自己都不認識的人。

程玉菲道：「我並不知道她這些年發生了什麼，她甚至連在歐洲結婚都沒有告訴我。」

羅獵道：「這並不重要，重要的是她現在和盜門牽涉甚深，我擔心她被盜門利用。」

程玉菲道：「這倒不用擔心，麻雀是個聰明的女人，不會輕易被人利用。」

羅獵道：「**再聰明的人都有弱點，一旦讓人發現，就很容易利用。**」

程玉菲反問道：「你覺得麻雀的弱點是什麼？」

羅獵猶豫了一下道：「她過於執著於麻博軒教授的遺願，所以一直致力於九鼎的尋找工作。」

程玉菲搖了搖頭道：「羅先生連實話都不敢說，你比誰都明白她的弱點是什麼。」

羅獵笑了笑，顧而言他道：「我只是作為朋友，不想讓她被人利用。」

程玉菲道：「你當她是朋友，可她卻從未當你是朋友，她喜歡你，一直都喜歡你，別跟我說你不知道。」

羅獵道：「我一直當麻雀是自己妹妹一樣。」

程玉菲起身為羅獵去沖咖啡，將沖好的咖啡放到他的面前：「這話聽著耳熟，男人對女人沒感覺的時候都會這麼說吧？」

羅獵接過咖啡，聞了聞道：「好香啊！」

程玉菲道：「麻雀送給我的咖啡豆。」

羅獵嗯了一聲。

程玉菲笑道：「你不會擔心我在裡面下毒吧？」

「程小姐那麼嚴謹的人，就算是犯罪也會盡可能消除一切證據。」羅獵喝了口咖啡，咖啡沒加糖，有些苦。不過他剛好喜歡這樣的味道，苦澀的咖啡在後頭慢慢回甘，羅獵很享受這樣的感覺。

程玉菲自己的那杯也沒放糖，喝了一口方才想起道：「對了，我忘了給你加糖了。」

羅獵道：「我喝咖啡從不放糖。」

程玉菲道：「總算發現咱們的共同點。」

羅獵道：「咱們最大的共同點是都擁有一個正義之心。」

程玉菲笑了起來，她聽出羅獵在恭維她，不過順便把他自己也誇了一遍。

程玉菲道：「我還以為咱們最大的共同點是擁有同一個好朋友呢。」

羅獵道：「現在麻雀不把我當成朋友了，我說的話她根本聽不進去。」

程玉菲道：「我會勸勸她。」她將咖啡杯放下：「其實你一早就應該有心理準備，只要插手安翟的事情，你的麻煩就會少不了。」

羅獵道：「如果麻雀遇到了麻煩，你會不會坐視不理？」

程玉菲搖了搖頭，麻雀是她的好朋友。

羅獵道：「案子查得怎麼樣了？」

程玉菲道：「還有三天，如果三天內找不到張凌峰，劉探長就會捲舖蓋走人。」

羅獵透過落地窗望著斜對面的巡捕房，劉探長真是命運多舛，雖然僥倖躲過了前兩次的危機，可新的危機這麼快就到來，在洋人的手下做事也不容易。

程玉菲道：「沒有人跟張家聯繫過。」

羅獵道：「可能綁架者根本不是圖財。」

程玉菲道：「不圖財就是存心報復，所有線索都中斷了。根據現有的線索，所有矛頭都指向穆天落，可根據我的分析，穆天落又不可能做這件事。」

羅獵道：「也許不應該把目光局限在黃浦一地。」

程玉菲道：「你的意思是不一定是黃浦的某個勢力做的？」

羅獵點了點頭道：「張凌峰身分特殊，他父親張同武是北滿軍閥，得罪過的人很多。」

程玉菲道：「如果真被你說中，張凌峰凶多吉少了。」

就在這時候，她的助手李焱東敲了敲門，走了進來：「張凌峰找到了。」

羅獵和程玉菲都是一愣。

李焱東道：「他自己逃了出來，已經回到了家中，聽說人沒事，劉探長請你一起過去看看情況呢。」

張凌峰已經平安返回了位於黃浦的家中，從他身上的傷痕可以看出他遭受了一些折磨，不過還好沒受重傷，受到邀請的程玉菲和劉探長第一時間來到了張家探望。

張凌空也在，請了醫生為張凌峰剛剛檢查過，醫生讓他放心，張凌峰沒事，只是受了些驚嚇，休息幾天即可一切如常。

聽聞劉探長前來拜訪，張凌空來到了客廳，劉探長陪著笑道：「張先生，我聽說令弟已經回來了？」

張凌空點了點頭道：「劉探長的消息還真是靈通，剛剛回來。」

劉探長道：「我們此次前來是想和令弟談談綁架案的事，不知是否方便？」

張凌空道：「劉探長，我弟弟剛回來，還受了些驚嚇，怎麼查案子的時候不見你們那麼積極？」

劉探長被他不留情面地嘲諷，自然是顏面無光，他尷尬道：「那好，我們改天再來。」

張凌空道：「不送！」

程玉菲道：「人平安無事最好，可案子還沒有破，看來張先生對破案沒什麼興趣。」

原本坐在沙發上的張凌空霍然站起身來，他怒視程玉菲道：「程小姐這話什麼意思？什麼叫我對破案沒興趣？」

程玉菲毫不畏懼地望著張凌空道：「張先生最好加強戒備，黃浦最近很不太平。」

張凌空道：「維持治安不是巡捕房的事情嗎？」

程玉菲不再說話，和劉探長一起離開了張家。

來到外面，劉探長回身看了看張公館的大門，皺了皺眉頭道：「這個張凌空實在是太傲慢了。」

程玉菲道：「張凌峰沒事就好，他愛說什麼就讓他說去吧。」

張凌空敲了敲門，過了好一會兒才聽到張凌峰的聲音：「門開著呢。」

張凌空推門走了進去，看到張凌峰站在穿衣鏡前，赤裸著半身，正在觀察身上的傷痕。

張凌空站在門後靜靜望著張凌峰。

張凌峰道：「我會將綁架我的人碎屍萬段。」

張凌空道：「你在黃浦很不安全，叔叔剛發電報過來，讓你即刻返回北滿。」

張凌峰道：「他很關心我嗎？」

張凌空道：「叔叔一直都很關心你，疼愛你，你不在的這幾天，他幾乎每天都要電訊你的情況，凌峰……」

張凌峰道：「我不想聽這些，你知不知道我這幾天經歷了什麼？」

張凌空道：「最重要的是你平安回來了，凌峰，你放心，這件事我不會善罷甘休，我一定會把綁架你的人找出來，我要讓他們付出血的代價。」

張凌峰搖了搖頭道：「不勞你費心，我的事情，我自己會處理。」

張凌空道：「我已讓人去買明天的火車票，我會派人護送你返回滿洲。」

張凌峰從穿衣鏡內冷冷望著張凌空：「堂哥，是不是我的事情你都要替我做主？」

在張凌空的印象中，張凌峰還是第一次用堂哥來稱呼自己，這一稱呼表明了他對自己的反感和抵觸，張凌空道：「凌峰，不是我要替你做主，我也做不了你的主，可是叔叔的命令你不能不聽。」

張凌峰道：「將在外軍令有所不受，他既然想我回去，那就親自來黃浦用槍把我壓回去。」

張凌空歎了口氣道：「我會把你的話告訴叔叔，你先休息。」

張凌峰道：「是趙虎臣綁架了我，也是他殺了陸如蘭，我要讓他死！」

張凌空愣了一下：「你有證據嗎？」

張凌峰道：「我親耳聽到有人給他打電話。」

張凌空道：「人家在打電話的時候會直接提到他的名字？」

張凌峰怒道：「你在懷疑我的智商嗎？」

趙虎臣望著墓碑上陸如蘭的照片，心中一陣惆悵，如此鮮活的一個生命說沒了就沒了。在他得知陸如蘭背著自己和張凌峰勾搭上了之後，一度恨不得將陸如蘭碎屍萬段，可當他看到陸如蘭屍體的時候，心中卻沒了仇恨，反倒想起陸如蘭對自己的諸般好處來。

趙虎臣開了瓶紅酒，灑在陸如蘭的墳上，低聲道：「如蘭，好好的去吧，希望早點投胎轉世，找個好人家。」

趙虎臣輕輕撫摸著墓碑上陸如蘭的照片，他是第一次來給陸如蘭上墳，也準備是最後一次，因為他不準備再來觸動自己的傷心事。

趙虎臣的這個想法很快就成為了現實，一聲槍響驚飛了樹林中的鳥兒，子彈從趙虎臣額頭正中射入，趙虎臣死在了陸如蘭的墓前，大字型躺在那裡，雙目望著天空，瞳孔迅速散大。

黃浦迎來了久違的晴朗天氣，可是每個人的心頭都籠罩著一層厚重的雲，趙虎臣的死讓整個黃浦變得風聲鶴唳，公共租界的巡捕如臨大敵，于廣龍在得悉趙虎臣的死訊之後，馬上調動了所有的警力加強戒嚴，開山幫不會咽下這口氣，他們一定會報復。

然而首先遭到報復的卻是張凌空的新世界，在趙虎臣被殺的當晚，新世界歌舞廳發生縱火案，裝修一新營業不久的歌舞廳被燒成了一片瓦礫，火災造成了十七人死亡，震驚了整個法租界。

這場火災的發生引發了更壞的後果，開山幫位於公共租界的七個堂口在一夜之間全都遭到了攻擊，短短的三天內，戰火已經燃遍了公共租界和法租界。

第七章

重新洗牌的想法

張凌空很快就想透了其中的道理，
人類社會和自然界一樣，都存在著一個生態平衡，
一旦平衡被打破，就會導致災難性的後果，
白雲飛是個聰明人，看出租界的真正話事人
想趁著這機會重新洗牌，所以才主動站出來，平息戰火，
讓租界的各方勢力重新回到平衡的狀態之中。

白雲飛也很惱火，他雖然並非是這場戰爭的主導者，可是也沒有能夠如願成為旁觀者，在這場蔓延到兩個租界的戰鬥中，他的兩家影院都發生了槍擊案，還有一起人為放火，如果不是發現及時，他的大華影院已經遭遇到了和新世界一樣的命運。

兩家租界巡捕房聯手執法，可效果寥寥，這場席捲租界的戰爭非但沒有平息的跡象，反而愈演愈烈了。

城門失火殃及池魚，為此白雲飛特地去拜訪了羅獵和葉青虹。

這段時間，羅獵忙於虞浦碼頭的改造工作，葉青虹則忙著籌備他們的婚禮，雖然知道新近很不太平，不過他們也沒有投以太多關注。

白雲飛也知道自己的登門造訪多少有些冒昧，特地準備了一輛最新款的紅色凱迪拉克汽車。

羅獵看到白雲飛帶了那麼多的禮物過來，不禁笑道：「你可真是客氣，咱們都是老朋友了，你隨時過來喝茶，何必搞得如此隆重。」

白雲飛道：「聽說你們在籌備婚禮，結婚是人生大事，我想來想去，還是先將這輛車送來，你們婚禮當天就能夠派上用場。」

羅獵圍著汽車轉了一圈，笑道：「青虹去購物了，她回來肯定喜歡。」

白雲飛道：「喜歡就好，葉小姐的眼光很高，我就擔心她看不上呢。」羅獵請白雲飛進去喝茶，白雲飛卻要求在外面走走，兩人沿著院子裡的林蔭道向小湖走去。

白雲飛開門見山道：「最近黃浦可不太平啊，趙虎臣被暗殺，開山幫和張家開戰了。」

羅獵道：「鷸蚌相爭漁人得利，可看你的樣子並不是很開心。」

白雲飛道：「城門失火殃及池魚，和氣才能生財，雖然他們兩家都是我的競爭對手，可一直以來也算相安無事，趙虎臣死了，很快他們就會扶植起另外一個人物，這幫外國佬是不會眼看著我一家獨大的。」

羅獵點了點頭，白雲飛在這一點上看得非常透徹。外國人可不想租界長期保持安定，渾水好摸魚，誰都知道這個道理。

白雲飛道：「我和趙虎臣本來已經達成了默契，張凌空就是他們用來攪亂租界的棋子，趙虎臣死後，我就得面對張凌空了。」

羅獵道：「槍殺趙虎臣未免太過魯莽了。」

白雲飛道：「這件事十有八九是張凌峰幹的，反正開山幫把這筆帳算在了他的頭上，已經放話出來，要張凌峰無法活著離開黃浦。」

羅獵道：「張凌峰的處境不妙啊。」

白雲飛道：「他們張家和上層的關係很好，現在開山幫已經成了過街老鼠，人人喊打，我看用不了多久開山幫的地盤就會被張家給吞了。」他停頓了一下道：「我今天來找你，是想你跟葉小姐說說，看看能不能請領事出面協調這件事，雙方暫時休戰。」

羅獵道：「你居然能夠產生這樣的想法，還真是難得。」

白雲飛道：「開山幫這樣下去，最後的結局就是被軍警聯手剿滅，他們完了，下一個可能就要對付我，張凌空這個人不簡單，開山幫鬥不過他的。」唯有停戰，開山幫才能緩過這口氣，白雲飛希望開山幫縱然不能復興也不要就此被毀滅，給張凌空留一個仇人在黃浦絕對是明智的決定。

羅獵道：「你想讓蒙佩羅先生出面調停？」

白雲飛道：「開山幫那邊我來負責，如果蒙佩羅先生能夠出面，休戰的可能性就會很大。」

羅獵點了點頭，雖然白雲飛的動機是為了他自己的利益，可租界的這場戰爭已經影響到了許多人的生活，讓許多家庭破碎，讓不少的生命無辜離去。只是這次羅獵並沒有足夠的把握說服蒙佩羅，正如白雲飛所說，這些外國人不希望一家獨大的局面出現，趙虎臣死後，必然會扶植起一個新興力量和白雲飛抗衡，一個風平浪靜的租界也不符合他們的利益。

葉青虹剛好回來了，白雲飛的這份厚禮讓她很是喜歡，此前她就看中了這款汽車，可想要買到手至少要到明年，想不到白雲飛居然可以辦到。

葉青虹深知禮下於人必有所求的道理，問過之後，方才明白白雲飛的用意，她搖了搖頭道：「只怕你要失望了。」

「怎麼？」白雲飛愕然道。

葉青虹道：「看來你的消息並不靈通，蒙佩羅一家昨天去暹羅度假了，估計要到九月底才能回來。」

白雲飛道：「這麼巧？」他馬上意識到蒙佩羅這隻老狐狸很可能是故意在這個時候選擇迴避，等他回來，租界的這場戰爭差不多就塵埃落定。

葉青虹道：「無功不受祿啊，這輛車還是您留著自己用吧。」

白雲飛笑道：「葉小姐覺得我送禮是另有所圖，哈哈，您放一百個心，這輛車的確是我送給兩位的結婚禮物，送出去的禮物豈有再要回來的道理？」

葉青虹見他堅持，也只能收下。

白雲飛道：「我聽說這場戰爭的挑起者是張凌峰？」

葉青虹道：「這樣吧，我去跟他談談，看看能否讓他改變主意。」

張凌空將手中的車票放在張凌峰面前，張凌峰掃了一眼，冷冷道：「你什麼意思？」

張凌空道：「沒什麼意思，叔叔讓你回去，車票我都給你買好了，沿途的事情我也安排了。」

張凌峰拿起車票當著張凌空的面撕碎了。

張凌空道：「你真是太任性了，趙虎臣已經被你殺死了，就算有什麼仇也已經報了。」

張凌峰抬起頭冷冷望著張凌空道：「誰說是我殺了趙虎臣？我沒動他，為什麼要把這件事算在我頭上？」

「你沒動他？除了你還有誰那麼恨他？」

張凌峰道：「總之和我沒關係，憑什麼把這筆帳算在我頭上，憑什麼燒了新世界？不把開山幫連根拔除，我絕不離開黃浦。」

張凌空怒道：「你真是夠了，現在租界到處硝煙瀰漫，我們的生意幾乎做不下去了。」

張凌峰道：「誰要做生意，我們張家根本沒必要做生意，你只是為我們打理生意，該怎麼做，輪不到你來指手畫腳。」

張凌空道：「我也不想管你，至於這邊的生意，是叔叔請我過來的，他既然放權給我，應該怎麼做我心裡清楚。還有，叔叔這次是真生氣了，如果你再不回去，他會剝奪你在軍中的一切職位，還讓我停掉你的零花錢，如果沒有了軍職，又沒有了錢，你覺得誰會為你辦事？」

張凌峰被他問住了。

張凌空道：「你再這麼鬧下去，只會讓別人看笑話。」

張凌峰道：「我沒殺趙虎臣！」

張凌空點了點頭道：「我信你！」

張凌峰道：「我不走，必須查清這件事，我不可以帶著不白之冤離開。」

葉青虹登門探望對張凌峰而言算得上這段時間最好的消息，他來到客廳，看到已經等在那裡的葉青虹，臉上總算有了些笑容：「青虹？我還以為他們騙我，以為你不可能過來看我呢。」

葉青虹道：「你發生了那麼大的事情，作為朋友，於情於理我都應該過來探望一下，希望你不會責怪我來晚了。」

張凌峰道：「你能來我就很高興了，怎麼？你的未婚夫沒跟著一起過來。」

葉青虹道：「他有自己的事情。」

張凌峰道：「聽說你們要結婚了？」

葉青虹點了點頭，滿臉的幸福。

在張凌峰看來葉青虹比過去更美，容光煥發，美得就像蒙上了一層光環，他知道這全都是羅獵的緣故，想到這裡，心中又不禁有些嫉妒，他認識葉青虹這麼多年，可她對自己的追求卻始終無動於衷。

葉青虹道：「你不打算回滿洲嗎？」

張凌峰道：「為什麼要回去？我還以為你會邀請我參加你的婚禮呢。」

葉青虹笑道：「我和羅獵商量過了，我們不辦婚禮，就準備兩個人靜悄悄把婚結了。」

張凌峰道：「結婚可是人生大事，你總不能這麼糊裡糊塗地把自己給嫁了，羅獵不會那麼小氣吧？」

葉青虹道：「他才不小氣。」

張凌峰看到葉青虹馬上就擺出維護羅獵的架勢，心中明白葉青虹的心裡只有羅獵，自己這輩子是沒機會了。他歎了口氣道：「看來是不會邀請我了，也沒關係，我同樣會送上禮物。」

葉青虹道：「我今天來其實還有一件事。」

張凌峰道：「什麼事情？」

葉青虹道：「你們和開山幫的事情鬧得紛紛揚揚，現在整個租界都變得風聲鶴唳的。」

張凌峰道：「是他們先惹事，我們是反擊。」

葉青虹道：「無論起因是什麼，這種狀況都不適合持續下去了，已經死了很多人，而且就算你們可以將開山幫徹底掃除，租界的管理者很快就會扶植起新的力量，他們是不可能允許一家獨大的局面出現的。」

張凌峰道：「你什麼時候也開始關心這種事情了？」

葉青虹道：「城門失火殃及池魚，你們的爭鬥已經影響到了太多人的利益，連我們的虞浦碼頭都被迫停工了。」

張凌峰道：「我沒殺趙虎臣。」

葉青虹愣了一下，趙虎臣之死所有人都算在了張凌峰的頭上，連葉青虹也認為是理所當然的事情，可聽張凌峰親口說出來，她還是有些吃驚。

張凌峰道：「雖然我很想殺他，但我還沒來得及動手，他就被人給暗殺了。有人在故意挑起我們和開山幫的矛盾，等我們兩家打起來，好從中漁利。」

葉青虹道：「你覺得是誰會這麼做？」

張凌峰道：「穆天落，不然還能有誰？當初他和趙虎臣鬥得最厲害，跟我們張家也有矛盾，我們和開山幫打起來，他剛好可以坐山觀虎鬥，還有我懷疑我被綁架的事情跟他也有關係，陸如蘭不就是死在了他的釀造廠。」

葉青虹道：「在我來找你之前，穆天落專程去找我，他希望我能夠勸勸你，希望你們和開山幫能夠休戰。」

張凌峰聞言一愣，他心中頗為不解，他們和開山幫火併，白雲飛應該得利才對，他因何動了讓雙方停戰的心思？

葉青虹道：「穆天落認為你們的這場戰爭已經影響到了所有人的利益，打破了租界過往的平衡，最希望看到這種場面出現的反倒是租界的統治者，他們剛好可以趁著這個機會，將租界的各股力量重新洗牌，達到一個新的平衡。」

張凌峰道：「他不希望被誤傷？」說完他笑了起來：「他和趙虎臣一樣，做的都是見不得光的生意，當然要害怕。」他的言外之意就是自己不用害怕。

葉青虹道：「我對你們的事情沒什麼興趣，可我也不希望你們之間的這場戰爭被人利用，還有，這裡不是滿洲，你的處境也不安全，作為朋友，我不想見你出事。」

張凌峰知道葉青虹都是好意，他點了點頭道：「你幫我跟他說一聲，我答應停戰。」

葉青虹本以為張凌峰不會輕易改變主意，卻沒料到這次居然這麼順利，她笑道：「好啊，想通了？」

張凌峰道：「想不通也得答應，我可從來沒有拒絕過你。」

葉青虹知道張凌峰肯定不會是因為自己出面的緣故，看來他也承受了不小的壓力，既然目的達成，她也沒有繼續逗留的必要，起身告辭道：「我先走了。」

張凌峰道：「一起吃飯吧。」

葉青虹搖了搖頭道：「改天吧，今晚我約了羅獵。」

張凌峰道：「你們每天都在一起也不煩啊。」

葉青虹笑道：「不煩，而且一會兒不見我就想他。」

張凌峰捂住心口，做出被人又插了一刀的樣子。

葉青虹離開之後去了虞浦碼頭，公共租界借著維護治安之名，對租界展開全面排查行動，工人的身分進行重新核實登記，搞得整個工地人心惶惶。不過今天是發薪的日子，羅獵照常給工人支取了薪水。

葉青虹來到碼頭，薪水已經發完，張長弓和羅獵站在碼頭前說著話。看到葉青虹來了，張長弓打了個招呼回辦公室去了。

羅獵道：「如何？」

葉青虹將探望張凌峰的事情簡單說了，聽說張凌峰終於吐口休戰，羅獵也鬆了口氣，白雲飛渴望的和平看來很快就要達成了，雖然這和平肯定不會持久，但是至少能夠保持一段時間的平衡。

羅獵道：「瞎子那邊有消息了，他和周曉蝶都很好，讓咱們不要擔心。」

葉青虹歎了口氣道：「不要擔心，說得容易，經過這次的事情希望他真的能夠得到教訓才好。」

羅獵道：「不說了，走，吃飯去。」

葉青虹道：「叫張大哥和鐵娃一起去吧。」

羅獵道：「行，我這就去喊他們。」

他們去了虞浦碼頭旁邊的魚館，羅獵點菜的時候，門外傳來了一個熟悉的聲音：「噯，你有沒有搞錯啊，在島上吃魚，到了這裡還是吃魚。」

「大小姐，我就喜歡吃魚，您要是不喜歡，咱們換個地方。」

羅獵循聲望去，卻見兩男一女走了進來，有兩人他認識，女的是海明珠，男的一個是邵威，另外一個應當是海龍幫的成員。

羅獵驚喜道：「邵兄，海大小姐。」

海明珠和邵威這時才看到羅獵，邵威驚喜道：「羅老弟，好幾年沒見了。」

海明珠眨了眨眼睛，然後就向周圍張望，羅獵知道她肯定在找張長弓，要說海明珠和張長弓之間其實有些曖昧，兩人互有好感，可因為張長弓這個人比較木訥，不懂得主動表達，前兩年海連天趁著局勢混亂，又幹起了海上打劫的勾當，原本日薄西山的海龍幫居然再度復興起來。海連天在東海重新建立了根據地，招兵買馬，忙得不亦樂乎。

海明珠和邵威這次前來黃浦可不是為了遊覽黃浦的花花世界，他們是為了買軍火，想要在海上稱雄，沒有過硬的武裝是不行的。他們可沒想到會遇到羅獵，其實近幾年都已經斷了和羅獵的聯絡。

羅獵將三人請到了他們訂好的雅間，張長弓原本和葉青虹說著話，可海明珠一進門他的眼睛就直了。

海明珠歪著頭向他笑了笑道：「張長弓，你不認識我了？」

張長弓頓時臉紅了，一直紅到了脖子根，他尷尬道：「認識……當然認識……」舌頭都大了。

葉青虹故意安排海明珠在張長弓的身邊坐下，海明珠道：「張長弓，你好像說過要去找我來著？」

張長弓道：「說……說過嗎？」

這下所有人都忍不住笑了起來，羅獵招呼道：「別為難張大哥了，咱們邊吃邊談。」

海明珠伸腳在桌下偷偷踢了張長弓一下，張長弓也不敢躲，海明珠變本加厲，乾脆一腳踩在張長弓足背上。張長弓雖被踩得有些疼，可心裡卻甜絲絲的。

葉青虹道：「海小姐這次來黃浦就是為了找人嗎？」

海明珠所有的注意力都在張長弓的身上，被葉青虹一問慌了神，趕緊將腳收了回來，紅著臉道：「不是找人，是談生意。」

葉青虹饒有興趣道：「談生意？什麼生意啊！」

海明珠還是過去直來直去的性子：「軍火。」

邵威趕緊咳嗽，雖然在場的都認識那麼多年了，可畢竟大家所處的立場不同，而且他們是海盜，買軍火更不是什麼光明磊落的事。

海明珠道：「你咳嗽什麼？都不是外人，我們花錢買東西又不是什麼丟人的事。」

邵威唯有苦笑了，能把這種事說得如此理直氣壯的也只有海明珠了。

葉青虹不露聲色道：「我記得你們一直都在和任天駿合作吧。」

海明珠道：「早就掰了，那個任天駿太不厚道，我爹一怒之下就帶我們離開了，現在我們是誰都不靠，獨來獨往，不知有多快活。」

羅獵笑道：「看樣子你們現在過得很不錯啊。」

海明珠道：「那是當然，省得受人家的窩囊氣，我們過來是想參觀一下黃浦的船廠，我們的那些船有些老舊，看看能不能請一些高水準的船工幫忙改進修理一下，羅獵，你能幫忙找這方面的人才嗎？」

羅獵倒是認識一些，可他也不情願在這方面給海龍幫幫忙，海龍幫壯大之後肯定是用來搶劫，這不等於是助紂為虐嘛。

張長弓道：「你們打算永遠做海盜？」

海明珠柳眉倒豎道：「海盜怎麼了？現在這世道不做海盜我們能做什麼？我不覺得當海盜有什麼丟人的，別看那些達官顯貴一個個衣冠楚楚，以上流社會自居，可他們背後還不是幹著男盜女娼的生意？還不如我們呢。」

張長弓沒想到一句話就觸痛了海明珠的逆鱗，他尷尬道：「我沒有看低你們的意思，我就是說……」

「說什麼說？我根本就不想聽。」

張長弓一張臉被懟得發紫，羅獵為他解圍道：「海大小姐，我張大哥在我耳邊可沒少念叨你。」

張長弓道：「哪有……」

海明珠切了一聲道：「他哪會念叨我。」

鐵娃道：「這我可以作證，他不但念叨你，還去婺源老營找過你。」

張長弓瞪了這孩子一眼道：「你不說話沒人把你當啞巴。」

海明珠心裡感到有些溫暖了，用手肘搗了張長弓一下：「你找我幹什麼？」

張長弓道：「路過，不是特地。」想讓他當眾承認，比殺了他還難。

葉青虹道：「你們還沒住下吧，不如我來安排？」

邵威道：「不麻煩了……」

海明珠卻道：「客氣個啥，張長弓，你不至於連這點友情都沒有吧？」

張長弓道：「我來安排，我來安排！」

葉青虹和羅獵對望了一眼，兩人都露出會心的笑意。

晚飯之後，張長弓安排海明珠一行就在附近的港灣酒店住下，這酒店也是這一區域條件最好的了，海明珠提出要去張長弓工作的虞浦碼頭看看，其實就是存著想跟他單獨聊聊的心思。

邵威看在眼裡，也頗為無奈，海明珠雖刁蠻可是對張長弓倒是長情，自從認識之後一直對他念念不忘，不過這張長弓就是個木頭，根本不懂海明珠的心思。

張長弓帶著海明珠在碼頭轉了一圈，因為碼頭停工，所以到處都是黑漆漆一片，也沒什麼可看的。

海明珠指著碼頭上停靠的一艘船，讓張長弓帶她去船上看看。

張長弓帶著她爬上了甲板，海明珠來到船頭，此時月亮剛剛升起來，銀色的月光灑滿浦江的江面，宛如水面上鋪砌了一層的碎銀，海明珠攏了攏被風吹亂的秀髮，小聲道：「我還以為這輩子再也見不到你了。」

張長弓道：「你知道我在什麼地方的。」

海明珠猛然轉過頭去：「我知道？怪我嘍？怪我不去找你是不是？」

張長弓道：「我沒這個意思，我……」

海明珠眼圈兒紅了起來，美眸中泛出晶瑩的淚光：「你一個大男人連喜歡一個人的勇氣都沒有嗎？你知不知道我等了你那麼久，日日夜夜都在等著你去找我，等著有一天你去我爹面前向我提親，三年了，我等了你整整三年了！」她說著說著就哭了起來。

張長弓最怕女人哭，看到海明珠流淚，他頓時手足無措：「你別哭，我錯了……我錯了……」

海明珠道：「你錯哪兒了？」

張長弓道：「我不該那麼久沒去找你。」

海明珠道：「還有呢？」

張長弓掏出手帕遞給海明珠：「你擦擦眼淚。」

海明珠道：「我是第一次為男人流淚，也是最後一次。不擦！回答我的問題，你錯哪了？」

張長弓道：「你不說我怎麼知道？」

海明珠氣得直跺腳：「張長弓，我怎麼會看上你這個榆木疙瘩，我問你，你喜不喜歡我？」

張長弓被海明珠問得呆在了那裡，他可以面對死亡的危險面不改色，可是海明珠的這個問題實在是讓他犯了難，他摸了摸後腦勺。

海明珠道：「那就是不喜歡了。」

張長弓道：「不是……」

海明珠道：「你說！」

張長弓閉上眼睛，鼓足所有的勇氣方才道：「我喜歡你……」聲音小得跟蚊子叫聲似的。

「大聲點！」

「我喜歡你！」

張長弓剛剛說完，海明珠就衝了上去，緊緊抱住了他，張長弓感到自己的嘴唇被一個灼熱柔軟的唇封住，他的身軀顫抖了一下，如同被閃電擊中一般，睜開雙眼，看到了滿臉淚水的海明珠，張長弓就是再木訥，此時也明白應該做什麼，展開臂膀將海明珠擁入懷中，他的回應要比海明珠期待的更加熱烈……

「我要去提親！」張長弓很正宗地向羅獵說出了自己的這個決定。

羅獵並不意外，他笑道：「你早就該去提親，海明珠等了你那麼久，你再不提親，人家都變成老姑娘了。」

張長弓道：「你說海幫主會不會答應？」

羅獵道：「由不得他，海明珠非你不嫁，他很疼這個女兒的，我看沒問題，張大哥我想好了，你去提親不能空手過去，我和青虹準備送給你們一艘船。」

張長弓慌忙擺手道：「那怎麼可以，怎麼可以讓你們如此破費。」

羅獵道：「是兄弟就別跟我客氣，再說了，你幫我那麼多忙，我可沒給你多少報酬，對了，今晚請他們來家裡吃飯吧，我把陸威霖和阿諾叫過來，大家好好聚聚。」

張長弓點了點頭。

就在張長弓對未來幸福生活充滿期待的時候，海明珠卻遇到了麻煩，她和邵威在交易軍火的時候，被收到消息的巡捕給抓了個現行，事發地點在公共租界，羅獵他們收到消息的時候，海明珠一行已經被逮捕關押。

對這種事情羅獵他們自然不能坐視不理，葉青虹幫忙找了律師準備先將人保釋出來，而羅獵則去找了劉探長，希望利用他在警界的影響力幫忙。

可事情遠比他們想像中更加複雜，首先海明珠幾人因為涉及軍火走私，又被人舉報他們海盜的身分，所以警方拒絕保釋，而劉探長查到，他們這次軍火交易的對象是張凌空，可張凌空卻對這次的交易矢口否認，並準備起訴他們誣陷自己。劉探長奉勸羅獵不要蹚這趟渾水，以免引火焚身。

羅獵知道張長弓會不惜一切代價營救海明珠，他盡力張長弓保持冷靜，這邊又請程玉菲幫忙，利用她和警方良好的關係，前往探視了邵威。

邵威被戴上了腳鐐，這是死刑犯才會得到的待遇，見到羅獵來看自己，邵威歎了口氣道：「都怪我，沒有查清對方的底細就進行軍火交易，這下麻煩了，連累了大小姐。」

羅獵道：「邵威，這裡沒有外人，你必須要將這次的真實情況全都告訴我，不然我也不好幫你們。」

邵威點了點頭，他講述了一下事情的經過，軍火交易的另外一方的確是張凌空，來到黃浦之後，他還和張凌空的手下許成見了面，問題出現在驗貨的時候，他們在前往碼頭驗貨的時候，被事先埋伏的巡捕給包圍了。

邵威道：「我現在想想，從頭到尾都是一個圈套，我們是給過錢之後，巡捕才開始行動的，張凌空根本就是蓄謀坑害我們。」

羅獵道：「現在張凌空堅決否認跟你們有過交易，走私軍火可是重罪。」

邵威道：「警方那麼快就查出我們的身分？而且交易地點只有我們和許成知道，肯定是那個許成告了密。」

羅獵心中暗忖，張凌空應當就是走私軍火的主謀，不過此事複雜，更像是一起事先策劃的黑吃黑，公共租界的巡捕頭子就是于廣龍，而于廣龍又是張同武的舊部。如果當真是于廣龍和張凌空串通，這事只怕麻煩了。

一直旁聽的程玉菲道：「你記不記得許成是什麼樣子？」

「當然記得。」

程玉菲讓邵威描述一下許成的外表，然後拿起事先準備的紙筆現場畫了起來，不一會兒功夫就根據邵威的描述畫出了許成的外貌，羅獵看了一眼，卻感覺畫像上的人有些熟悉，仔細一想，竟是新世界舞會那天公然挑釁葉青虹的傢伙。

邵威道：「就是他，他化成灰我都認得，他是許成，他還說他的後台老闆就是張凌空。」邵威又道：「羅獵，我求你一件事，我們這次十有八九是無法脫罪了，我會把所有的罪責一個人承擔下來，你可不可以幫忙解救大小姐？」

羅獵道：「你放心吧，你們都是我的朋友，我一定會盡力。」

羅獵和程玉菲出了巡捕房，抬頭看了看烏雲密佈的天空，羅獵道：「要下雨了。」

程玉菲揚了揚手中的雨傘道：「沒關係，反正我帶著傘呢。」這把傘她幾乎從不離身，不但可以防雨還是她的秘密武器。

羅獵道：「程小姐，以您的經驗來看，他們脫罪的可能性有多大？」

程玉菲道：「他們是海龍幫的人沒錯吧？」

羅獵點了點頭。

程玉菲又道：「無論他們的交易方是誰，他們這次來黃浦的目的是購買軍火對不對？」

羅獵沒有說話，程玉菲提出的兩點無可置疑且證據確鑿。拋開邵威他們和自己的友情不言，他們的確觸犯了現有的法律。

程玉菲道：「你這個人從來都是將人情看得比法理還大。」

羅獵道：「那要看法理是什麼人制訂，要看看法理到底是不是真正為老百姓考慮。」

程玉菲道：「在你的眼中，他們就是一幫因為生存不下去揭竿而起的梁山好漢，你有沒有想過他們購買軍火的目的？你有沒有想過海龍幫這些年在海上燒殺搶掠，製造了多少慘案。」

羅獵道：「照你這麼說只要是海龍幫的人都該死，應該全部剿滅一個不留。海龍幫的人有罪，可設下圈套的人呢？難道就將海龍幫治罪，那些背後的策劃者，指使者逍遙法外？這就是你所謂的真相？」

程玉菲道：「我查過不少的案子，有些案子我一看就知道，你明明知道背後肯定有文章，但是你偏偏沒有證據。」她在委婉地暗示羅獵，海龍幫從一開始就被人設計，只是一個犧牲品。

羅獵道：「還有沒有辦法幫助他們？」

程玉菲道：「我會追查許成這個人，只要能夠找到許成，讓他說出真相，這件事或許會有轉機。」

羅獵道：「我去找張凌空，看看這件事是否有迴旋的餘地。」

程玉菲從羅獵的話語中已經知道他必然會插手這件事。

張凌空聽聞羅獵來訪，猶豫了一下，不過還是答應和他見面，張凌空新近遭遇的麻煩不少，在他的勸說下，張凌峰昨天終於登上了前往滿洲的列車，張凌空也算是鬆了口氣。

他和羅獵的交集不算多，利用虞浦碼頭交換藍磨坊的地皮，原本是一件划算的買賣，可是在新世界被燒之後，等於白白損失了一大筆，張凌空認為最終得利的人是白雲飛，因為新世界就是他楔在白雲飛心口的一顆釘子。可是事情的發展卻多少有些出乎他的意料，白雲飛非但沒有趁火打劫，反而主動幫忙調解他們和開山幫的矛盾。

張凌空很快就想透了其中的道理，人類社會其實和自然界一樣，都存在著一個生態平衡，一旦平衡被打破，就會導致災難性的後果，白雲飛是個聰明人，他應該看出租界的真正話事人想要趁著這次機會重新洗牌的想法，所以白雲飛才主動站出來，平息這場戰火，讓租界的各方勢力重新回到平衡的狀態之中。

在這次的戰爭中，損失最大的是開山幫，然後是張凌空，其他勢力在他們雙方惡鬥之時，悄悄佔領了一些本屬於開山幫的地盤。

張凌空總覺得在背後有一雙無形的手在佈局，至於黑吃黑吞掉海龍幫購買軍火的錢，張凌空也是無奈的選擇，新世界的事情他必須要有個交代，惹事的是張凌峰，可負責任的卻是他，畢竟張同武將黃浦的經營都交給了自己。

羅獵來到後花園，張凌空已經讓人泡好了茶，看到羅獵他笑著站起身來：「羅先生，今天什麼風把你吹過來了？」

羅獵道：「早就想過來拜訪，可最近一直忙於碼頭的工程，所以抽不出時間。」

張凌空道：「虞浦碼頭的改建花了不少錢吧？」

羅獵道：「花了一些，不過都在預算中進行。」

張凌空點了點頭，邀請羅獵坐下。

羅獵道：「今天來，是想跟張先生打聽一個人。」

張凌空道：「什麼人？」

羅獵道：「張先生還記得上次在新世界舞會的時候，有個無賴招惹我未婚妻的事情嗎？」

張凌空心中一怔，不過他表面上不露聲色，歉然道：「上次的事情真是不好意思。」

羅獵道：「我來您這裡可不是為了秋後算帳的。」

張凌空哈哈笑了起來，心中已猜到羅獵的目的，端起茶盞，嗅了嗅茶香，卻未急於飲用，輕聲道：「上次我讓人狠狠教訓了他一頓，還把他趕出了黃浦。」

羅獵道：「那個人叫許成吧，最近有人見他又出現在了黃浦，而且還在黃浦做起了非法的生意。」

張凌空哦了一聲，然後重重放下茶盞道：「這個王八蛋，如果落在我的手上，我一定打斷他的腿。」

羅獵道：「許成做的是軍火生意。」

張凌空故意道：「走私軍火？他膽子可夠大的。」

羅獵道：「最近公共租界破獲了一件軍火走私案，許成就是供貨方，不過他並不是真正的老闆。」

張凌空笑瞇瞇望著羅獵，心中卻恨不能掏出一把刀來。

羅獵道：「我聽到一些對張先生不利的傳言。」

張凌空道：「清者自清，那些無聊的傳言我從來都不去理會。」

羅獵道：「聽張先生這麼說我就放心了。」

張凌空笑道：「羅先生這話我有些聽不懂了，這件事跟你也有關係？」

羅獵笑道：「張先生高抬我了，走私軍火的生意就算我想做也沒有路子，不像您張先生，背後有張大帥那棵大樹，只要您想要，什麼樣的軍火弄不到手？」

張凌空道：「羅先生此言差矣，我可從來不做這種違法的事情。」

羅獵笑道：「打個比方罷了，您可千萬不要介意。」

張凌空道：「羅先生該不是真想做軍火生意吧？」

羅獵搖了搖頭道：「我可沒那個膽子，張先生，我倒是有筆生意想跟您合作。」

張凌空道：「只要是好生意，我洗耳恭聽。」

羅獵道：「有人出了筆錢，想幫海龍幫的幾個人脫罪。」

張凌空倒吸了一口冷氣，他已經明白，這個出錢的人很可能是羅獵，羅獵今天前來找自己，醉翁之意不在酒，羅獵和海龍幫的幾個人應當關係非同一般，否則他不會冒著那麼大的風險為幾人奔走。

張凌空道：「羅先生，咱們也認識不短的時間了，我一直都把你當成朋友，既然是朋友，有句話我就必須得說出來，我們都是堂堂正正的生意人，最忌諱就是和土匪打交道，羅先生的虞浦碼頭以後難免會涉及航運生意，如果讓外人知道你和海龍幫有瓜葛，只怕……」

羅獵道：「張先生說得不錯，可外面的流言是我們無法掌控的，別人想怎麼說是別人的自由，我這個人只求做事問心無愧。」

張凌空道：「這件事上我幫不了羅先生。」

羅獵道：「沒關係，張先生不願意做，肯定會有其他人願意。」

張凌空聽出羅獵的言外之意，羅獵在暗示他這件事要一管到底，就算自己不願幫忙，羅獵仍然可以找到其他人合作。

張凌空微笑道：「羅先生還是要慎重。」

羅獵起身向他伸出手來，兩人握了握手，羅獵道：「多謝張先生提醒。」

張凌空道：「有空再約一起喝茶。」

羅獵微笑道：「最近可能沒時間了，不過等我找到許成，我來約您。」

張凌空皺了皺眉頭，目送羅獵遠走之後，他叫來了手下，低聲道：「許成離開黃浦沒有？」

「早就走了。」

張凌峰點了點頭，心中卻有些後悔了，他在很多事情的處理上仍然有些不夠果斷。他不該放許成走的，如果當初狠下心將許成滅口，那麼軍火走私案就會成為一個永遠無法破獲的無頭公案。

張長弓專門去探望了海明珠，海明珠在他面前表現得很堅強，還主動安慰起張長弓來：「張大哥，我沒事，你不用擔心。」

張長弓道：「他們有沒有欺負你？」

海明珠搖了搖頭道：「青虹姐打點過了，這些巡捕對我都算客氣。」

張長弓抿了抿嘴唇，望著海明珠憔悴的俏臉，他鼓足勇氣伸出手去握住了海明珠的纖手，海明珠的手顫抖了一下，並沒有逃開，在她的印象中，這還是張長弓頭一次主動牽住自己的手。

張長弓道：「你瘦了。」

海明珠道：「你嫌我過去胖是不是？」

張長弓道：「你怎麼都好看。」

海明珠羞澀地垂下頭去，小聲道：「張大哥，你過去怎麼不對我這樣說？」

張長弓道：「你放心，我們都在積極奔走，一定將你們救出去。」

海明珠搖了搖頭道：「沒用的，警方已經查到了我們的身分，我們所犯的都是死罪，你們就別忙活了。」

張長弓抓緊了她的手，壓低聲音道：「你不可以放棄，我不會丟下你不管，無論採用什麼辦法，我都會把你救出去，你信不信我？」

海明珠淚光盈盈地望著張長弓，她點了點頭，她信，她一直都相信。

「時間到了！」負責監視的巡捕大聲道。

海明珠依依不捨地牽著張長弓的手，張長弓也不捨得放開，可是不能不放，他大聲道：「相信我，我一定會做到！」

陸威霖和阿諾都在外面等著張長弓，這是羅獵給他們的任務，讓他們最近一段時間一定要寸步不離地盯住張長弓，這是為了避免張長弓因為衝動而做出劫獄的事情，不到最後一步，不可以採用這種極端的手段。

張長弓來到車前，低聲道：「走吧！」

阿諾負責開車，陸威霖和張長弓一起坐在後座，陸威霖道：「挺好的？」

張長弓點了點頭。

陸威霖道：「不用擔心，大家都在想辦法。」

張長弓道：「我沒擔心。」

阿諾道：「大不了把巡捕房給炸了。」

陸威霖道：「別胡說，又不是被逼到絕路上，現在還有回轉的餘地，羅獵和葉青虹都在到處奔走呢。」

張長弓道：「就算走私軍火能夠解決，也改變不了他們是海盜的事實。」

三人同時沉默了下去，他們都知道依靠律師是無法逃脫法律制裁的，政府對海盜的量刑很重，像海明珠、邵威這種骨幹份子，只要落網就是死刑。

陸威霖道：「新聞開始發酵了，應該是有人故意在散佈消息，我懷疑，他們在吸引海龍幫的注意，如果海連天得知這件事，肯定不會坐視不理。」

張長弓道：「海連天收到消息就算最快趕到黃浦也要一周的時間，其實他就算來了也幫不上什麼忙，而且很可能落入警方的圈套。」

陸威霖點了點頭道：「所以越早救出海明珠他們反倒越容易控制事態。」

白雲飛看著報紙，不禁笑了起來，旁邊的常福有陣子沒見他這麼高興了，小心問道：「老爺，什麼事那麼開心？」

白雲飛道：「軍火案的報導，都說這起軍火案和張凌空有關。」

常福道：「這些記者還真是敢寫。」

「蒼蠅不叮無縫蛋！」白雲飛瞇起眼睛道，他的直覺告訴自己，張凌空應該有問題，這種黑吃黑的事情在江湖中並不少見，可白雲飛卻對這種做法非常不齒，盜亦有道，如果這件事真的是張凌空所為，此人的吃相也太難看了，而白雲飛又知道羅獵和這些人的關係，以羅獵的性情，勢必會出面幫忙，這就讓他和張凌空會成為對立面。

白雲飛感覺上天對自己真是不錯，最近發生在租界有趣的事真是越來越多。

白雲飛向常福勾了勾手指，常福湊了過去，白雲飛道：「聯繫我們相熟的幾家報紙，把這個消息盡可能傳播出去。」

常福道：「不是還沒有證據？」

白雲飛道：「莫須有，你以為他張凌空比獄飛還要厲害嗎？」

時間對海明珠明顯是不利的，他們被捕的第二天，巡捕房就接到上頭命令，要把他們押解轉移到應天審問，因為海龍幫還牽涉到一樁兩年前的軍火搶劫案。

羅獵和葉青虹原本想將事情的影響限制在最小範圍內，因為他們知道影響越大，解救的難度就越大，然而事情還是在朝著對他們不利的方向發展。雖然邵威將整件事都一力承擔下來，可是海明珠的身分已經暴露，沒有人會輕易放過海連天的女兒。

第八章

雇傭殺人案

劉探長的唇角浮現一絲苦笑，抓住王兆啟是一個意外，本來只是普通的鬥毆事件，沒想到問出了雇傭殺人案。他很好奇，擔心手下巡捕洩露風聲，所以才找到程玉菲，讓她出面查查趙嶺，現在趙嶺的供詞也擺在了桌面上。

張長弓在房間內默默整理著弓箭，外面傳來腳步聲，他警惕地停下手上的動作，迅速將面前的武器全都藏了起來，很快外面就響起了敲門聲。

張長弓道：「誰？」

「我！」

張長弓開了門，進來的是羅獵，羅獵道：「怎麼？你還沒吃晚飯吧？」

張長弓道：「吃過了，今天有點累，所以想早點休息。」

羅獵來到床邊，低頭向床下看了看，下面全是張長弓剛才臨時藏起的武器。

張長弓知道自己瞞不過羅獵，他低聲道：「我想過了，這件事還是我一個人去做，我一個人也應付得來，你們不要插手。」

羅獵道：「明天辦完交接手續，晚上會連夜送往應天。」

張長弓道：「你就別管這件事了，專心準備你們的婚禮。」

羅獵道：「陸威霖和阿諾呢？」

張長弓道：「我不想你們插手。」

外面又傳來敲門聲，陸威霖和阿諾走了進來，兩人的手中都拎著一個大大的行李袋，裡面裝著他們的武器，張長弓望著他們，一時間不知該說什麼好。

羅獵道：「多一個人多一份力量，我們三個商量了一下，最適合在錦山下手。」

張長弓不再堅持，陸威霖來到桌前將事先準備的地圖攤開在桌上，具體的押運路線已經知道，錦山是陸路上從黃埔到應天的必經之路，他們在錦山設伏，設法阻止車輛前行，然後展開營救行動，救出海明珠等人之後，馬上撤離現場。

阿諾道：「現在就是不知道他們何時開始轉移，所以我們必須一部分人先在錦山埋伏，還要派人盯住轉移囚犯的車隊。」他停頓了一下道：「你一個人可做不成那麼多的事情。」

陸威霖道：「老張，我和阿諾跟你去錦山埋伏救人，羅獵和鐵娃負責跟蹤囚犯車隊。」

張長弓道：「我不想你們為我冒險。」

羅獵道：「我們可不是為了你去冒險，我們這次是為了營救海明珠，無論怎樣大家都共患難過。」他這樣說是不想張長弓有太大的心理壓力，張長弓為人仗義敦厚，不想因為他自己的事情而連累這些弟兄。

羅獵回到家中，葉青虹仍然在等著他。

看了看時間已經是凌晨一點，羅獵心中難免感到內疚，來到葉青虹的身邊坐下：「這麼晚了還沒睡？」

「睡不著！」葉青虹靠在羅獵肩頭，她猜到羅獵一定在為海明珠的事奔忙。

羅獵道：「該不會被我傳染失眠了吧？」

葉青虹歎了口氣道：「那也沒辦法，嫁雞隨雞嫁狗隨狗。」

羅獵道：「警方傳來消息，明天……不，今天他們就會把海明珠幾人秘密押送前往應天，此事已經驚動了高層。」

葉青虹道：「所以，你們應該已經決定了。」

羅獵展開臂膀將她擁入懷中：「對不起。」

葉青虹道：「為什麼說對不起？張大哥的事情本來就是咱們自己的事情。」她抓住羅獵的手道：「最近我反而非常懷念咱們一家在蒼白山老林的日子，雖然過得清苦一點，可是沒有什麼煩心事，也沒有那麼多的人來打擾。」

羅獵點了點頭道：「如果你喜歡，等這件事結束之後，我們再回去。」

葉青虹笑了起來：「就算咱們可以，小彩虹也不可以，她要接觸社會，她要接受良好的教育。」

羅獵道：「去睡吧，別胡思亂想了。」

葉青虹點了點頭，柔聲道：「你陪著我。」

羅獵笑了起來：「我豈不是又要失眠？」

葉青虹道：「只要你腦子裡不想壞事就能夠睡個安穩覺。」

羅獵自然是睡不安穩的，中途劫囚車絕非小事，而且此事充滿了風險，警方知道海明珠的身分特殊，一定會做足準備，不排除這次轉移是一個圈套的可能。

程玉菲帶來了又一個壞消息，許成的屍體在青浦附近被發現，應該是殺人滅口，他的死讓軍火走私案徹底沒有了翻案的可能，幕後的老闆自然安全了。

自古華山一條路，現在羅獵再想救人只剩下劫囚越獄。

程玉菲望著羅獵道：「我聽說他們今天會被轉移到應天受審。」

羅獵點了點頭。

程玉菲道：「不知道安翟夫婦的事情會不會重演呢？」

羅獵聽出她話裡有話，微笑道：「按理說海龍幫不會坐視不理的。」

程玉菲道：「其實最好不要打劫獄的主意，我聽說應天方面對此事非常重視，特地派出一支部隊來轉移犯人，搞不好是個圈套呢。」

羅獵聽出程玉菲是在提醒自己，他也考慮到這次的轉移是一個圈套的可能，但是形勢緊迫，他們也已是箭在弦上不能不發。

于廣龍一早就被張凌空請去吃早茶，兩人坐在茶社的平台上，望著浦江上灰濛濛的雲層，天氣並不好，潮濕且悶熱。于廣龍剛吃完一只蟹粉蒸包，就熱出了一身的大汗，他今天沒有穿制服，灰色絲綢對襟汗衫敞開了懷，裡面的背心也被汗水浸透，他拿起了桌上的摺扇，用力地搧了幾下，忍不住道：「這鬼天氣。」

張凌空道：「看來要下雨。」

于廣龍道：「下了才好，一身的汗，搞得食欲全無。」

張凌空笑了起來：「看來是我沒挑對時候。」

于廣龍道：「這麼急著找我有什麼要緊事？」

張凌空道：「羅獵為了軍火案的事情專門去找了我。」

于廣龍皺了皺眉頭道：「跟他什麼關係？這個人還真是麻煩，什麼事情都想插手。」

張凌空道：「我也奇怪，可後來才聽說他和那幾個海盜居然是朋友。」

于廣龍道：「這案子也不歸我管了，等會兒我回去辦完移交手續，就會把他們送到應天，有專案組負責此事。」

張凌空道：「幾個海盜罷了，想不到還會驚動高層？」

于廣龍道：「他們可不是普通的海盜，海龍幫在東海橫行了不少年，後來因為中日聯合剿匪，他們才不得不離開老巢去了南海，一度如喪家之犬惶惶而不可終日，前幾年甚至投奔了贛北軍閥任天駿。」

張凌空道：「他們的事情我知道，不是說海連天和任天駿也反目了？」

于廣龍點了點頭道：「我聽說是任天駿看上了他閨女，海連天這個人最疼愛的就是女兒，所以拒絕了任天駿，兩人也因為這件事結下了樑子，海連天憤而出走，這兩年，中日關係不好，聯合剿匪的事情也名存實亡，所以海連天又轉了個空子，聲勢不斷壯大，甚至超過了過去。」

張凌空道：「他們買軍火還不是為了打劫，這些敗類根本不該活在世上。」

于廣龍道：「不知道這件事怎麼會驚動了上頭。」

張凌空看出于廣龍在擔心，這次的走私軍火案是他們聯手策劃的黑吃黑，得到海龍幫用來購買軍火的鉅款，他就解除了眼前的燃眉之急，如果沒有于廣龍的配合，他自己是不可能將這件事做得如此完美，張凌空道：「許成已經死了，沒有人會查出真相。」

于廣龍舒了口氣，不過他仍然有些不放心：「海龍幫的人仍然將矛頭指向你，現在輿論也在這件事上做文章。」

張凌空反問道：「有證據嗎？我已經讓律師準備資料，我要告那些不負責任的記者，他們敗壞我的名聲，我要讓這些無良記者全都付出代價。」

于廣龍道：「你確定？」

張凌空愣了一下，馬上意識到于廣龍仍然不放心，他點了點頭道：「確定，當然確定！」

陸威霖抬起手腕看了看時間，根據最新的消息，押送海明珠幾人的車隊已經出發，離開公共租界巡捕房是在兩個小時之前，也就是說，如果中途不耽擱的話，半個小時左右他們就會抵達錦山路段。

張長弓已經潛入到路邊的密林埋伏，阿諾和他一起提前去佈置炸藥。

陸威霖不慌不忙地組裝好了槍械，從瞄準鏡中觀察著道路的情況。

耳中傳來羅獵的聲音，羅獵動手設計了這個對講裝置，可以在二十公里內清晰地進行通訊，幾人對羅獵的無所不能都佩服得五體投地，如果這個對講裝置的發明被公諸於眾，一定會獲得舉世轟動，可羅獵卻讓幾人嚴守秘密。

只有葉青虹知道，羅獵的發明並非他的原創，而是根據他腦海中未來知識繪製出圖紙並製作出來的超越這一時代的工具，如果不是形式所迫，羅獵也不會將這些超越時代的科技產品拿出來使用，不過羅獵也有他的原則，在每次使用之後，都要進行回收，羅獵深知這些高科技工具都是雙刃劍，如果落在不法之徒手中，甚至會引發這個時代意想不到的變革。

羅獵的聲音變得極其清晰：「一共有五輛汽車，第一輛車負責引路，第二輛和第五輛車是卡車，每輛卡車內有二十人的武裝小隊。中間兩輛軍用吉普車內是被轉移的犯人，邵威在第三輛，海明珠在第四輛，預計在十五分鐘之後能夠通過你們所在的路段。」

張長弓聽到了羅獵的狀況通報，他向身邊的阿諾點了點頭，阿諾拍了拍他的肩膀道：「我會在車隊經過的時候，炸毀頭兩輛汽車和最一輛，然後咱們針對剩下的兩輛汽車行動。」

張長弓點了點頭，阿諾是個爆破專家，在這方面的水準毋庸置疑，不過張長弓仍然害怕中途有變，他提醒阿諾道：「記住，一定要確定明珠在哪輛車內，以免誤傷。」

阿諾笑道：「放心吧，我不會大意的。」

此時空中一道閃電劃過，下起了暴雨。

通往錦山的道路上，五輛汽車魚貫而行，因為這場暴雨，汽車的速度明顯減緩了。

在後方一輛黑色小轎車正遠遠尾隨著車隊，羅獵這輛汽車是鐵娃偷來的，這是為了避免以後汽車被追查。鐵娃道：「羅叔，咱們開近一點，快被甩掉了。」

羅獵搖了搖頭，他們不能靠得太近，如果太近肯定會讓對方產生懷疑。而且按照計劃，在通過錦山路段的時候，阿諾會利用炸藥將前後車輛炸毀，盡可能消滅對方的有效戰鬥力，如果過於接近很可能受到炸彈的波及。

前方的車隊已經開始拐彎，通過流花河大橋就可抵達張長弓他們埋伏的路段。羅獵稍稍加快了點速度，將車距控制在安全的範圍內。

車隊已經進入了流花河大橋，就在第一輛車駛入流花河中段時，突然傳來一聲驚天動地的爆炸聲，橋樑出口的地方發生爆炸，橋面在火光和煙霧中斷裂開來，第一輛負責引路的汽車因剎車不及，直接從橋樑被炸開的缺口中栽了下去。

後面的幾輛車慌忙踩住了剎車。

羅獵也愣了，他們的計劃不是這樣的，車隊還沒有行駛到他們預先計劃的伏擊地點，羅獵第一反應就是哪裡出了岔子。

張長弓被爆炸嚇了一跳，他怒視阿諾，阿諾一臉茫然，他根本就沒觸動炸藥，他首先想到的是自己誤碰了炸藥開關，可看了看手上的引爆器仍好端端的。

阿諾一臉無辜道：「我沒做啊！」

隱蔽在狙擊位的陸威霖端起狙擊槍，從瞄準鏡中觀望著爆炸發生的方向，車隊距離他還有很遠，根本不在他的射程內，陸威霖意識到出了岔子，剛才的這次爆炸絕對不是他們這邊人做的。

還剩下的四輛汽車開始向後倒車，羅獵在爆炸後踩下剎車，而此時他看到從山林中數輛摩托車轟鳴著衝了出去，那些身穿雨衣的蒙面漢子，一人騎車，一人端著卡賓槍，宛如猛虎下山般向流花河大橋上衝去。

密集的子彈織成一條條的火線，向最後一輛貨車傾瀉而去，汽車的輪胎被子彈打爆，車內全副武裝的士兵開始向外還擊，在最初的慌亂之後，他們很快就穩住了陣腳，雖然負責引路的汽車栽入了流花河內，可是押運隊伍的總體實力並沒有受到太大影響。

汽車內一個烏洞洞的槍口探伸出來，他們竟然在卡車內配備了機槍，機槍瞄準那些不顧一切衝來的摩托車開始掃射。

雙方的火力差距實在太大，衝向橋面的摩托車手一個個中彈倒了下去，不過仍然有一輛摩托車衝破槍林彈雨成功來到流花河大橋上，雖然胸口連續中彈，那車手仍然舉起手雷扔了出去，手雷落在卡車上，蓬的一聲炸響，卡車的車廂被炸得四分五裂，機槍也啞了火。

然而在前方交火的時候，後方卡車內的士兵已經全都轉移到了車下，他們端起武器利用車體的掩護開始射殺意圖靠近的摩托車，很快就控制住了局面。

陸威霖因位置的緣故第一個看到了流花河內的艦艇，這艘艦艇應該早就在上游某處，在爆炸發生之後，迅速下行，接近交火現場。從艦艇上飄揚的旗幟來看應當屬於軍方，陸威霖暗叫麻煩，他迅速向山下跑去，他要盡快和張長弓他們會合，他要勸說張長弓放棄營救的想法，在這種狀況下強行搶人，恐怕難以成功。

羅獵已經通過對講機喊話：「有埋伏，暫時不要輕舉妄動。」

艦艇開火了，讓所有人意外的是，艦艇的目標竟然不是那些衝向橋面的摩托車勇士，而是瞄準了橋面上負責押解的軍人。兩挺馬克沁噴射出憤怒的火焰，強大的火力很快就將那些軍人壓制住。

鐵娃道：「是咱們一邊的。」

羅獵點了點頭，心中暗忖，這艘艦艇上十有八九是海龍幫的人。

阿諾也不禁咋舌，感嘆道：「我靠！這麼大場面啊。」再看張長弓已經向流花河大橋的方向奔去，阿諾再想阻止他已經來不及了，此時陸威霖氣喘吁吁地來到這裡，因為沒有看到張長弓，陸威霖道：「老張呢？」

阿諾指了指大橋的方向：「英雄救美去了。」

陸威霖嘆了口氣道：「怎麼這麼沉不住氣！」他將這邊的狀況通報給羅獵，

和阿諾兩人也向流花河大橋的方向靠近，他們沒有張長弓那種強大的自我修復能力，為了避免被流彈誤傷，必須保持一定的距離，不過仍然可以選擇合適的地點為張長弓做出掩護。

押送囚犯的兩輛汽車終於在橋面上成功調頭，向來時的道路逃去。

河面上的艦艇停下射擊，因為他們也知道這兩輛車內押送著海明珠和邵威。

陸威霖選擇一個合適的位置重新端起了狙擊槍，正看到兩輛汽車往回開的情景，他向羅獵通報道：「注意，那兩輛車往回開了。」

接到陸威霖的通報，羅獵讓鐵娃先下車去上面的叢林中埋伏，自己緩緩開動汽車向前，一輛汽車已經率先衝了過來，羅獵突然踩下油門。

那輛瘋狂逃竄的越野車猝不及防，被羅獵從側面撞了上去，越野車發生了側翻，翻滾著落入道路旁邊的溝渠內。

車內邵威在越野車翻車的時候，一肘擊暈了看守他的士兵，不過車輛翻了個底朝天，讓車內亂成了一團。

羅獵將車輛橫在道路的中心，然後推開車門跳了下去，另外一輛越野車也已經到來，看到前方道路被阻，司機慌忙剎車，可是雨天路滑，終究還是撞了上去，那輛越野車的前引擎蓋因為撞擊而抬升起來。

司機頭腦還算清醒，他馬上倒車。

咻！兩支羽箭先後射中了汽車的後輪，張長弓已經越過斷橋追蹤而至，全身黑衣，臉上用黑色油彩進行了偽裝，手中箭無虛發，一箭射入汽車的玻璃窗，貫通了司機的咽喉。

海明珠被兩名士兵押著坐在後座，兩名士兵看到司機被殺，拖著海明珠下了汽車，不等他們站定，一支羽箭又射殺了左側的士兵，僅剩的那名士兵，用手槍指著海明珠的頭道：「別過來，你再靠近我就殺了她！」

張長弓於黑暗中現身，手中弓如滿月，鏃尖寒光凜凜瞄準了那名士兵，聲音低沉道：「放開她！」

海明珠已經從聲音中聽出是張長弓，她驚喜萬分。

張長弓忽然鬆開弓弦，羽箭化成一條疾電，噗地從那士兵的右眼中射了進去，鏃尖帶著鮮血和腦漿從他的腦後鑽了出來。海明珠被嚇了一大跳，她也沒想到張長弓竟然如此果斷地射箭。

此時後方有幾名士兵衝了上來，他們瞄準這邊開火，張長弓衝了上去，用身體將海明珠擋住，有幾顆子彈射中了他的身體，如果不是有他保護海明珠，只怕海明珠已經命喪當場。

一道寒光在雨夜中穿行，靈活地穿行於那些士兵之間，鋒利的刀刃切開了他們的咽喉，幾名士兵紛紛倒地，卻是羅獵在緊急關頭為他們兩人解圍。

壕溝的車內傳來數聲槍響，邵威奪下手槍，接連射殺了幾名士兵逃了出來。

此時橋面上的交火聲仍在繼續，樹林中一個聲音叫道：「小姐，快過來！」

海明珠舉目望去，原來是海龍幫的人過來營救她了。

邵威快步來到海明珠的面前，低聲催促道：「快走！」

海明珠依依不捨地望著張長弓，突然撲上去緊緊抱住了張長弓，張長弓心中也是極其不捨，低聲道：「你先回去，我很快就會去找你。」

海明珠捧住他滿是油彩的面龐，含淚道：「你這次沒有騙我？」

張長弓點了點頭道：「我說得出做得到。」

黃浦下了一夜的暴雨仍然未停，蘇州河水上漲了許多，羅獵打著傘站在外白渡橋上，他已經連夜返回了黃浦，剛剛給葉青虹報過平安。他看到了那輛紅色的凱迪拉克轎車正朝著自己緩緩駛來，在陰暗的下雨天格外鮮明顯眼。

羅獵穿上西裝站在穿衣鏡前，葉青虹也換上紅色的龍鳳旗袍，她在歐洲定製的婚紗還沒到，兩人站在穿衣鏡前，頗有點中西合璧的樣子，葉青虹忍不住笑了：「怎麼感覺不倫不類的，你還是將那套長衫換上。」

羅獵道：「挺好！咱們就穿著這身去照相。」

葉青虹道：「婚紗還沒到。」

羅獵安慰她道：「放心吧，一定不會耽誤咱們的婚禮。」

葉青虹笑了起來，其實穿什麼並不重要。

整個上午他們都在照相館照相，葉青虹定製的婚紗雖然未到，可是她在黃浦本地也買了婚紗，加上已經做好的旗袍禮服，也換了個不亦樂乎，羅獵雖然對照相並不怎麼感興趣，可是他也儘量配合，陪著葉青虹耐心照了一上午。

若非巡捕房的人找過來請他，恐怕一天都要泡在照相館裡。

羅獵知道應當是海明珠一行被劫的事情，他對此也早有預料，巡捕房肯定會找他做調查，當下跟葉青虹說了幾句，就去了巡捕房。

請羅獵前去調查的是公共租界巡捕房的于廣龍，于廣龍對羅獵表現得非常客氣，會面地點定在了自己的辦公室，請羅獵在沙發上坐下。

羅獵顯得有些不悅：「于警長可真會挑時候，我正在陪未婚妻拍婚紗照，這下好了，預先的計畫全都泡湯了。」

于廣龍笑道：「怪我怪我，改天我親自登門向葉小姐賠罪，不過事出有因還望羅先生見諒。」

羅獵道：「于警長客氣了，既然都來了，我也得盡力配合不是？」

于廣龍哈哈笑道：「羅先生是個痛快人。」

一名巡警進來給羅獵送上一杯咖啡，羅獵端起咖啡杯看了一眼道：「公共租界的咖啡不如法租界。」

于廣龍道：「財政緊張，捉襟見肘。」

羅獵笑道：「改天我讓人給于警長送兩盒南美咖啡過來。」

于廣龍道：「羅先生真是有心。」

兩人你一言我一語地寒暄了半天，不過始終都沒有切入正題，羅獵知道他葫蘆裡賣的什麼藥，于廣龍則借著這個機會悄悄觀察羅獵，他在考校羅獵的耐心。

不過最終還是于廣龍切入了正題：「是這樣啊，昨晚在錦山發生了一起劫案，負責押送海龍幫要犯的車隊在流花河大橋遭遇襲擊，現場死傷慘重，三名囚犯有兩人失蹤，一人死亡。」

羅獵道：「于警長，您把我請來就是為了調查這件事？」

于廣龍點了點頭。

羅獵道：「這件事跟我有什麼關係？」

于廣龍道：「羅先生不要生氣，我之所以請您過來，是因為此前您曾經為他們三人的事情奔波，並聘請律師準備為他們辯護，羅先生不會否認他們是你的朋友吧？」

羅獵道：「我和于警長也是朋友，如果您遇到麻煩被關進監獄，我同樣會為您請律師辯護。」

于廣龍的臉色變得很不好看，勉強笑道：「我可不會犯法。」

羅獵道：「我只是打個比方，沒說于警長會犯法，可這世上知法犯法的人也不在少數。」

于廣龍道：「羅先生能否提供不在場的證據？」

羅獵道：「可以啊，你想要什麼證據我就能提供給你什麼證據，至於所謂的要犯被劫走，您是不是首先要考慮海龍幫？海明珠是海連天的女兒，她出事，海連天肯定會傾全幫之力相救。」

于廣龍道：「其實我也這麼想，找羅先生過來也只是例行公事，您可千萬別多想。」

羅獵道：「你們巡捕房的門檻可不好踏，您把我請來了，一句例行公事調查說得輕描淡寫，可外面的記者卻都在等著新聞。現在捕風捉影的事情可不少，于警長難道沒聽說，現在到處都在傳言軍火走私案有黑幕，有人想黑吃黑吞了那筆錢，拿了錢還不算，還要將海龍幫的幾個人置於死地。」

于廣龍內心一震怦怦直跳，他的目光不敢直視羅獵，心中暗忖，他當著我的面說這種話，難道是已經掌握了證據？

羅獵從于廣龍的表情變化已經知道他心裡有鬼，可羅獵也沒興趣點破，他的目的無非是讓海明珠幾人脫困，至於這筆錢被吞的事情，自有人會討還公道。

羅獵道：「海連天這個人可是個睚眥必報的狠角色，這次他被人陰了那麼多錢，女兒還被人關進監獄，你以為他會善罷甘休？」

于廣龍道：「一個海盜罷了，他敢來黃浦，我就將他治罪。」

羅獵道：「不是普通的海盜，縱橫東海，中日軍隊拿他都沒有辦法，這種人換成我是不敢招惹的。」

于廣龍聽出羅獵的言外之意，他呵呵笑了一聲，然後說了一句很沒有底氣的話：「邪不壓正！」

羅獵將咖啡杯放下：「如果沒有其他的事情，我先走了。」

于廣龍道：「羅先生虞浦碼頭的改建工程就快結束了吧？以後可千萬不要和

海盜扯上關係啊。」

羅獵笑道：「我這個人向來奉公守法，絕不會給于警長添麻煩。」

于廣龍看到羅獵離去，目光掃到剛才給羅獵的那杯咖啡上，羅獵一口都沒喝，于廣龍自語道：「真有那麼難喝？」他端起聞了聞，不由得皺起眉頭，大聲道：「來人！」

羅獵在巡捕房門前看到了好多記者，這些記者都是為了昨天劫持囚車的新聞而來，羅獵並沒有引起這些人的注意力，他低頭向一邊走了，迎面卻遇到了前來巡捕房的程玉菲。

程玉菲攔住他的去路，羅獵這才看清是她，笑道：「怎麼？你也來湊熱鬧？」

程玉菲道：「聽說海明珠他們都被人救走了，所以來瞭解一些情況。」

羅獵道：「有人委託你查這個案子？」

程玉菲搖了搖頭道：「只是覺得這次和安翟夫婦逃走的案子相仿，所以才來調查。」

羅獵道：「一點都不像，上次可沒死人。」

程玉菲充滿深意地盯住羅獵道：「是不是于廣龍請你過來協助調查？」

羅獵點了點頭。

程玉菲道：「那就是懷疑你嘍？」

羅獵笑道：「如果懷疑我，我現在還能大搖大擺地走出來？程小姐，您的分析能力好像有些下降。」

程玉菲道：「有個消息要告訴你，我查了許成的帳戶，在他死亡之前，有人給他存了幾筆錢。」

羅獵道：「誰？」

「張凌空的跟班趙嶺！」

程玉菲道：「還有一個消息，殺死許成的人被抓了。」

羅獵內心一震，想不到事情這麼快就有了進展，正所謂天網恢恢疏而不漏。

「人在什麼地方？」

程玉菲道：「法租界巡捕房，也是巧合，這個人殺了許成之後去賭錢，因為輸急了眼打傷了人，結果被抓進了巡捕房，本來只是一起普通的案件，沒想到一審問，他什麼都交代了出來。」

殺人者叫王兆啟，他也是倒楣，現在懊悔地揪著自己的頭髮，原本不多的頭髮就快被他給揪禿了。如果他自己不交代，誰也不會知道他殺了許成，可現在說什麼都晚了。

程玉菲帶著羅獵一起去法租界看了相關的證供，王兆啟已經在供詞上簽字，他承認殺了許成，而且還承認跟趙嶺見過面，是趙嶺雇他殺死了許成。

王兆啟分兩次拿錢，接頭地點和金額都說得清清楚楚，劉探長知道此事關係重大，所以並未張揚，只是將王兆啟秘密關押起來，目前知道內情的人並不多。因為嚴守秘密，所以張凌空方面並沒有得到任何風聲。

趙嶺一如往常般準時回家，他來到自己的公寓前正準備拿出鑰匙開門，頭頂就被用麻袋蒙住，趙嶺來不及反抗，後頸就挨了一記掌刀，等他醒來，感覺自己被懸吊在半空中。

因為臉上蒙著黑布，趙嶺看不到周圍的狀況，他惶恐道：「你們是誰？為什麼抓我？我警告你們，這裡是法租界，你們不要亂來啊。」

這是一間廢棄的倉庫，倉庫內有兩人站在趙嶺的前方，竟然是羅獵和程玉菲，其實就是他們趁著趙嶺不備將他給抓到了這裡。

羅獵沙啞著嗓子道：「知不知道我們為什麼找你？」

趙嶺道：「你們是不是找錯人了？我沒錢，我沒錢的。」

羅獵和程玉菲對望了一眼，程玉菲示意羅獵繼續發問。

羅獵道：「沒錢，那你付給王兆啟的兩千大洋又是從哪裡得來的？」

「我不認識什麼王……什麼……你胡說什麼？」

羅獵道：「你腳下是個水池，水池裡面全都是食人魚。」他使了個眼色，程玉菲鬆了點繩子，趙嶺感覺身體往下一墜，嚇得他惶恐地發出一聲大叫，雖然他看不到下面到底是什麼，可是卻對羅獵描繪的情景深信不疑，一時間魂飛魄散，竟然尿了褲子。

程玉菲厭惡地皺了皺眉頭，這廝可真是個廢物，還沒怎麼對他就嚇成了這個樣子，她不由自主向後退了幾步，以免聞到那股尿騷味兒。

羅獵道：「我只給你一次機會，說，是誰讓你雇傭王兆啟的？」

趙嶺道：「我說……我什麼都說……我什麼都說……」

程玉菲將趙嶺的口供親自送到了劉探長手中，笑道：「劉叔叔，全部都查清楚了，這件事果然有玄機，許成是張凌空的人，他負責和海龍幫進行軍火交易，可張凌空不知怎麼動了黑吃黑的念頭，非但沒有按照約定提供軍火，反而報警抓人，公共租界巡捕房于廣龍親自率隊抓的人，可現場並沒有發現用來交易軍火的錢款，您說這事是不是蹊蹺？」

劉探長看著口供，並沒有說話。

程玉菲道：「根據海明珠的說法，他們當時可是帶了錢去的，為了方便交易，全都是金條，這也是對方的要求，那麼多金條全都不見了。後來的案情說明，推測這件事是許成幹的，可許成在不久後被殺，那些金條仍然不知所蹤。」

劉探長點了點頭。

程玉菲道：「本來這件事就會成為一個無頭懸案，可能永遠都不會破解，可天網恢恢疏而不漏，那個殺手王兆啟居然這麼快被你們抓住。」

劉探長的唇角浮現出一絲苦笑，抓住王兆啟的確是一個意外，本來只是一起普普通通的鬥毆事件，卻想不到問出了一件雇傭殺人案。他很好奇，又擔心手下的巡捕洩露風聲，所以才找到程玉菲，讓她出面查查趙嶺，現在趙嶺的供詞也擺在了桌面上。

程玉菲道：「現在的證據表明海龍幫的交易對象就是張凌空，而那起事件的本質就是黑吃黑，張凌空想要吞了那筆黃金。」

劉探長反問道：「他的目的又是什麼？」

程玉菲道：「張凌空和開山幫之前的爭鬥讓他損失了不少，尤其是新世紀的被燒可謂損失慘重，張凌空不同於張凌峰，他並不是張同武的親生兒子，他的真正身分是張家利益代言人，也是具體經營者，他對最近的損失肯定要負責。」

劉探長道：「你認為他通過黑吃黑來填補最近的虧損？」

程玉菲點了點頭：「趙嶺、許成全都是他的人，現在證詞有了，證人也有了，只要找到那筆黃金的下落，自然不難將張凌空定罪。」

劉探長道：「將他定罪？」

程玉菲道：「還有于廣龍，這個人也有問題。」

劉探長道：「好了，我知道了，以後的事情我來處理，你就不用過問了。」

程玉菲眨了眨雙眸：「您什麼意思？難道不再追查那筆黃金的下落？」

劉探長道：「玉菲，我是說下面的事情我來接手。」

程玉菲咬了咬嘴唇，還是點了點頭，來到巡捕房外，看到羅獵仍然在車前等著自己，她快步走了過去。

羅獵笑道：「這麼快就出來了。」

程玉菲道：「好奇怪，劉探長好像對這個案子興趣不大。」

羅獵道：「我送你回去。」

程玉菲道：「為什麼？這麼明顯的事情，他為什麼會這樣？」

羅獵道：「這是在什麼地方？」

「法租界啊！」

羅獵道：「事發公共租界，而且這件案子很可能牽涉到公共租界巡捕房的總警長，你覺得劉探長對他有管轄權還是執法權？」

「可……」

羅獵道：「這件案子還是算了，繼續查下去你可能會有危險。」

程玉菲道：「你不想知道真相嗎？你當初找我想查個明白嗎？」

羅獵道：「事情已經很明白了，就算你找到那些金條又能怎樣？你以為能夠用法律制裁他們嗎？」羅獵搖了搖頭道：「沒可能的，張凌空代表著張家的利益，租界需要這樣的一支勢力存在。法律？在黃浦的上流社會中，又有多少道貌岸然的傢伙其實都是卑鄙無恥的違法者？你根本數不清，這個社會就需要這批人的存在，你改變不了，我也改變不了。」

程玉菲有些憤怒地望著羅獵：「羅先生，你真讓我失望。」她明白羅獵說的全都是事實，讓她失望的並不是羅獵而是這個現實社會。程玉菲轉身憤然走了，羅獵在她身後道：「我送你？」

程玉菲冷冷道：「不需要！」

于廣龍深夜造訪了張凌空，他的臉色並不好看，他將王兆啟和趙嶺被法租界巡捕房控制的事情說了，張凌空沉默了下去。

張凌空道：「沒事，就算他們敢說什麼，也起不到任何的作用。」

于廣龍道：「我已經申請將他們兩人移交到我的手上，張先生，你這次可給我捅了一個大漏子。」

張凌空道：「你放心吧，誰都不會查到你的身上。」

于廣龍道：「我早就勸你不要做這種殺雞取卵的事情，別忘了還有海龍幫，海連天什麼人？你以為他會心甘情願地吃這個虧？」

張凌空不想繼續就這個問題探討下去了，他皺了皺眉頭道：「那個王兆啟怎麼就落在了法租界巡捕的手中？」

于廣龍道：「你問我，我還想問你呢，還有那個女神探程玉菲還在盯著這案子，你最好把這件事儘快平復，如果事情繼續發展下去，咱們都會沒有面子。」

租界突然就恢復了平靜，平靜地讓白雲飛感到索然無味，他決定出去走走，不知不覺來到了新世界，看到原本已經淪為一片瓦礫的新世界正在重建，白雲飛示意司機停車，推門走了下去，他看到工地前張凌空正在和兩個工程師模樣的人議論著圖紙。

白雲飛打了個招呼。

張凌空看到白雲飛馬上就認為他是來看自己笑話的，雖然心中反感，可臉上還是帶著禮儀性的微笑：「這麼巧啊，白先生怎麼來了？」

白雲飛指了指自己的汽車道：「路過，看到張先生所以過來打個招呼。」他望著前方工地道：「真可惜，好好地方就給燒了，死了不少人吧？」

張凌空皺了皺眉頭，死了多少人你白雲飛清楚，還在這裡惺惺作態，張凌空才不相信白雲飛會有同情心，幸災樂禍都來不及。張凌空道：「人不能只盯著過去，我準備儘快將這裡重建，年底吧，年底就會看到一個新的新世界。」

白雲飛道：「我要是你就不會重建。」

張凌空道：「什麼意思？」

白雲飛道：「燒死了那麼多人，是不是有點不吉利，我這個人迷信了點，張先生不找個風水先生看看？」

張凌空道：「我用虞浦碼頭換了這塊地，租界核心位置就這麼荒廢下去？」

白雲飛笑道：「也許不是地的原因，搞不好是八字不合，張先生不妨考慮將這塊地再賣給我。」

張凌空望著白雲飛，他知道白雲飛從一開始就將自己視為眼中釘，不想自己在法租界開舞廳，現在終於毫不掩飾地說出心裡話了，張凌空點了點頭道：「您準備給我出個什麼價？」

白雲飛道：「你過去花了多少錢，我可以給你打個七折。」

張凌空哈哈笑了起來：「你是在讓我做賠本買賣嗎？」

白雲飛笑道：「已經賠本了，商人不能只懂得賺錢，也要懂得止損，您說是不是啊？」

張凌空道：「可我這個人偏不信邪，哪裡跌倒就要從哪裡爬起來。」

白雲飛道：「那也得分在哪兒跌倒，萬一摔到的地方是個萬丈深淵，一下子摔個粉身碎骨，那還能爬得起來？」

張凌空氣得臉色鐵青，白雲飛拍了拍他的肩膀道：「八折，我給你個友情價，你好好考慮一下，就算你能夠儘快開業，大家一想起這裡燒死過那麼多人，誰還敢來啊？」

張凌空冷冷道：「那就不勞您費心了！」

此時一輛車停在他們的面前，從車上下來了一位青年軍官，遠遠招呼道：「凌空兄！」

白雲飛循聲望去，臉色卻驟然一變，因為他認出來人竟然是久未謀面的任天駿，任天駿上次出現在黃浦還要在四年之前，可以說將整個黃浦攪得天翻地覆，這以後的幾年任天駿都在贛北打拚，因為軍閥混戰的緣故，他應當沒有精力顧及黃浦這邊的事情。

任天駿一如既往的高傲，甚至比過去更加傲慢，他連看都沒看白雲飛一眼。張凌空和任天駿過去就認識，他笑著和任天駿握了握手：「任將軍，什麼風把您給吹來了？」

任天駿道：「我現在不在贛北了，我已經接受政府任命，以後的幾年都會在黃浦。」

白雲飛一旁聽著，心中暗暗吃驚，自己怎麼連一點消息都沒有？任天駿來黃浦任職？也就是說他放棄繼續在贛北當一個軍閥頭子，接受政府整編，他來黃浦到底擔任什麼職位？

張凌空道：「我聽說黃浦新近要來一位督軍，該不是您吧？」

任天駿笑道：「凌空兄的消息真是靈敏。」

白雲飛心中暗歎，任天駿是新任黃浦督軍，這下麻煩了，這廝跟自己有過節，不過他馬上想起了羅獵和葉青虹，比起自己的過節，羅獵和葉青虹才是任天駿的殺父仇人，看來遭遇麻煩的絕不僅僅是自己。

白雲飛明白自己和任天駿以後不可能不打照面，他瞬間做出了決定，主動向任天駿走了過去，招呼道：「這不是任將軍嗎？」

任天駿轉身看了他一眼，臉上充滿了不屑：「你是……」

白雲飛笑道：「任將軍貴人多忘事，在下穆天落，咱們可認識了不少年。」

任天駿微笑道：「你這一說我倒是想起來了，想不到穆先生還健在呢。」他對白雲飛可是一點都不客氣。

白雲飛身後的常福面露怒容，向前走了一步，白雲飛咳嗽了一聲，制止了手下人，他知道任天駿這次的回歸絕對是善者不來，如果任天駿當真是新任督軍，那麼自己必須要禮讓三分。

白雲飛微笑道：「托任將軍的福，身體還過得去。」

任天駿道：「老天真是不公。」

張凌空並不知道白雲飛和任天駿的恩怨，看到白雲飛當著自己的面吃癟，內心中自然是暢快無比，他向任天駿道：「任將軍，中午去浦江飯店，我為您接風洗塵。」

任天駿淡然道：「我今天來找您可是有事情的。」他向白雲飛看了一眼道：「穆先生還有別的事？」

白雲飛笑道：「沒有，沒有，我就不耽誤兩位敘舊了，任將軍，改天我來做東，給你接風。」

任天駿道：「受不起，您走好！」

白雲飛灰溜溜上了車，關上車門，冷冷望著任天駿，咬牙切齒地罵道：「什麼東西！」

常福道：「老爺，要不要找人把他給幹掉？」

白雲飛望著常福真是氣不打一處來，他怒罵道：「你特馬有沒有腦子？他是新來的督軍，除非不想在黃浦立足了，混帳！」常福被罵完之後也意識到事情的嚴重性，敢情是連老大都惹不起這位任天駿。

白雲飛想起了四年前的那場晚宴，不但逼走了羅獵和葉青虹，自己也差一點栽了大跟頭，內心中不禁蒙上了一層厚重的陰雲，這個任天駿又要折騰什麼？

任天駿在白雲飛走後，向工地走了幾步，張凌空趕緊跟了上去，他並不知道任天駿的目的是什麼，不過只要是白雲飛的敵人就應當是自己的朋友。

任天駿望著眼前的廢墟道：「這裡過去是藍磨坊吧？」

張凌空點了點頭道：「任將軍說得不錯，這裡過去是藍磨坊，後來被我買了下來，改建成為新世界，是整個租界乃至整個黃浦最大也是最豪華的舞廳，可惜被人嫉妒，一把火給燒了。」

任天駿低聲道：「不祥之地！」

張凌空愣了一下，他對任天駿的那段往事並不瞭解。

任天駿道：「凌空兄把這塊地賣給我吧。」

張凌空一聽就懵了，今天不知道是怎麼了？先是白雲飛過來買地，然後是任天駿，難不成自己這塊地裡藏著什麼寶貝，怎麼一個個都看中了這裡，張凌空笑道：「任將軍，我正在準備重建的事情，年底就能夠完成。」他婉轉地表明了自己的意思，他並不想賣，這塊地位於法租界的核心區，乃人氣彙聚之地，雖然經歷了火災，也許像白雲飛說的不吉利，可張凌空認為只要重建好了，用心經營，生意很快就會恢復過去的興隆，這麼塊肥肉他可不想白白送人。

任天駿道：「我買這塊地不是想做生意，凌空兄可能不知道，我父親當年就是在這裡被人槍殺。」

「啊？」張凌空這才想起，曾有人跟他提過，藍磨坊當年曾發生過一起震動國內的槍殺案，事件的主角就是贛北軍閥任忠昌，也就是眼前任天駿的父親。

張凌空道：「任將軍是想……」

任天駿道：「我想把這裡建成一座園林，以告慰我父親的在天之靈。」

張凌空心中暗罵，你倒是孝心可嘉，我的生意怎麼辦？可表面上還得陪著笑道：「任將軍真是孝心感人，可……」

任天駿道：「二十萬大洋！」

二十萬大洋可買不來這塊地，就算是白雲飛肯給的八折也超出這個價錢一倍，張凌空道：「不是錢的問題，任將軍，這塊地我可做不得主。」

「你不是老闆嗎？」

張凌空搖了搖頭道：「實不相瞞，我只是為我叔叔打理一些事，這塊地是凌峰的，也只有他才有資格拍板定案，我說了不算啊。」

任天駿望著張凌空忽然笑了起來：「凌空兄果然有難處，早這麼說我不就明白了。」

張凌空笑道：「多謝任將軍理解我的難處，走，咱們吃飯去。」

任天駿搖了搖頭道：「我剛剛來到黃浦，有太多事情需要處理，今天是抽不出時間了。」他向副官招了招手，副官從車內拿了貢品和紙錢出來。

張凌空傻了眼，這廝太狂了，這是要在他的地盤上拜祭他死去的老爹，任天駿向張凌空道：「我想祭拜一下我父親，不知凌空兄是否方便？」

張凌空強忍心中的怒火，點了點頭道：「方便……方便……」

第九章

東山經

羅獵示意他打開來看看，任天駿拿起這本書，
翻看了一下，找到了那枚乾隆皇帝的朱印，
雖然他不知道真正的東山經是什麼樣子，
可是也能夠判斷出這本書絕不普通。

羅獵這段時間不是在家陪女兒就是在虞浦碼頭，碼頭的改建工程即將結束，張長弓和陸威霖幾人一起出海去了，他們這次是去東山島，海龍幫的總舵在那個地方，張長弓答應海明珠很快就去找她，並當面提親，這次他說得出做得到，陸威霖和阿諾也跟著去給他壯膽子，其實也有躲避風頭的意思。

所以虞浦碼頭這邊，羅獵就必須要親自盯著，不過改建工程馬上就結束了，羅獵也要將全部的精力投入到他和葉青虹的婚禮籌備中去。

白雲飛很少到公共租界，畢竟他的勢力範圍在法租界，以他的身分除非是公事才會到這裡，以免引起不必要的猜測。

白雲飛邂逅任天駿的第一個念頭就是要來找羅獵，雖然他的動機並不是一個朋友間善意的提醒那麼簡單。

羅獵聽到這個消息並沒有表現出任何的震驚，輕聲道：「還真是巧，沒想到兜兜轉轉，大家又來到了黃浦。」

白雲飛道：「我已經查清楚了，任天駿接受了政府整編，也得到了重用，現在他是黃浦新任督軍，手握軍權啊。」

羅獵道：「你擔心他可能會對你不利？」

白雲飛道：「不是我，是我們，當年任天駿在黃浦的事，難道你忘了？」

羅獵怎麼能忘，有些事白雲飛並不知道，為了洪家爺孫的事情，他曾經潛入婺源老營，那次他曾經想過要殺了任天駿一了百了，不過後來他並沒有這麼做。

任天駿的這次歸來不知是否和自己有關？如果他還想通過見不得光的手段對付自己身邊的人，自己絕對不會猶豫。羅獵的信心前所未有的強大，就算任天駿擁有重兵，自己仍然可以做到萬軍之中取他的首級。

羅獵道：「過去了那麼多年，許多事都已經改變了，任天駿身為黃浦督軍，心胸未必像過去那般狹隘。」

白雲飛心想你說得輕巧，殺父之仇豈能說忘就忘，這和心胸可沒有什麼關係。他又道：「有件事你可能不知，任天駿和張凌空認識，且看來關係不錯。」

羅獵終於知道白雲飛擔心什麼，他在擔心任天駿和張凌空有可能聯手對付他。羅獵道：「你打算永遠當這個華董？」

白雲飛愣了一下，然後道：「我不做華董又能做什麼？」

羅獵道：「就算他是督軍，他的手也不會那麼容易伸到租界來，而且一個人的地位越高，考慮的事情越多，任天駿不是傻子。」

葉青虹聽聞任天駿來到了黃浦，而且成為督軍，不禁有些擔心，四年前的事情她仍然記憶猶新，如果不是任天駿製造麻煩，她和羅獵就不會分開，任天駿的出現如同一個巨大的陰影籠罩了她的內心，她生怕一切還會重演，撲入羅獵的懷中道：「羅獵，咱們走吧，明天就離開這裡好不好？」

羅獵笑道：「還有不到一個月就結婚了，你不打算嫁給我了？」

葉青虹道：「去哪兒結婚不是一樣，反正結婚是咱們的事，我不需要什麼賓客排場，咱們帶著小彩虹去旅行好不好？」

羅獵想了想，終於還是點了點頭，他不可以讓身邊人再擔驚受怕，無論任天駿這次前來黃浦的目的是什麼，都不可以掉以輕心。

此時傭人前來通報，卻是任天駿不請自來。

葉青虹深知來者不善的道理，她本想當面領教一下，羅獵卻讓她暫時迴避，他不想讓葉青虹有任何負擔。

任天駿一身戎裝，比起過去顯得更壯實了，不過他的眼角也開始有了細密的魚尾紋，這些年他所承受的壓力也是巨大的。

羅獵微笑望著任天駿道：「任將軍，別來無恙。」

任天駿點了點頭，脫下手套向羅獵伸出手去。

羅獵跟他握了握手，卻發現任天駿的右手滿是皺褶，這樣的手本不該屬於他這樣的年齡，如果不是親眼看到，羅獵會認為這隻手應當屬於一個垂危的老人。

任天駿笑了笑，然後迅速將手套戴上，在這樣的季節，即便是帶著一雙雪白的薄手套，仍然讓人感到有些怪異。羅獵邀請任天駿坐下，讓傭人看茶，任天駿環視了一下周圍，輕聲道：「羅先生過得很自在啊。」

羅獵微笑道：「我這個人對生活的要求本就不高，所以也容易滿足。」

任天駿道：「此前羅先生有三年沒了音訊，聽說結了婚，還生了個女兒。」

羅獵的內心頓時警惕了起來，不過他隱藏得很好，如果流露出緊張，只會讓對方找到自己的破綻，羅獵道：「任先生成家了嗎？」

任天駿道：「早就成家了，不過我太太四年前去世了，就是你們潛入我婺源老營之後不久的事情。」

羅獵道：「不好意思，提起了你的傷心事。」

任天駿搖了搖頭道：「沒什麼，過去那麼久的事情了，對了，你妻子是不是也去世了？」

羅獵內心一怔，蘭喜妹去世的事情只有少數人知道，而且這些人應該不會把消息散播出去，任天駿又是通過什麼途徑知道的？任天駿被茶几上的一張照片吸引，那照片是小彩虹的，他拿起照片，盯著照片看了一會兒道：「你女兒啊？」

羅獵點了點頭。

「真漂亮，我有個兒子，三歲多了，我太太去世之後，幾乎每天他都纏著我，一個人帶孩子可不容易。」

不知為何，這次的相見，羅獵並未從任天駿的身上感覺到任何的仇恨，他們顯然算不上朋友，至多只能算得上是老相識，而且在羅獵的記憶中，他們兩人還從未那麼心平氣和地談過話。

羅獵微笑道：「是啊，男孩子更調皮一點。」

任天駿道：「他一點都不調皮，他甚至都不會說話，也可能會說，可他懶得說。」

羅獵愣了。

任天駿笑得有點慘澹：「醫生說他得了自閉症，可能這輩子都不會好了。」

羅獵道：「只要多點耐心，應該可以找到打開他內心的那扇門，只要能打開那扇門，他的病就會不治而癒。」

任天駿道：「謝謝你給我希望，這些年我都是用這句話來鼓勵自己，可到現在我仍然沒有找到打開那扇門的鑰匙。」他將小彩虹的照片放下，然後道：「可以換個地方談嗎？」

羅獵想了想道：「來我書房。」

兩人在書房重新坐下，任天駿這次開門見山道：「把東山經給我。」

羅獵愣了一下，他不解地望著任天駿。

任天駿道：「風九青讓我給她帶個話，如果你不按照她說的去做，她會把你的朋友一個個殺掉。」

羅獵道：「你見過風九青？」

任天駿揚起了自己的右手：「那次你們去婺源老營，我差點病死，如果不是風九青出手相救，我想自己已經死了。」羅獵想起任天駿那隻滿是皺褶的手，低聲道：「她要脅你？」

任天駿道：「是！」

「如果我不答應呢？」

任天駿道：「我會對付你，然後你的朋友全都會死，風九青的厲害你是知道的。」

羅獵望著任天駿，忽然道：「你太太的死是不是跟她有關？」

任天駿的臉上帶著錯愕，他不知道羅獵是從哪裡看出了這一點？

羅獵道：「我不知道這本是不是所謂的東山經，你拿去吧。」

任天駿顯然沒有想到事情會進行得那麼順利，他看著羅獵拉開抽屜從中拿出了一本書扔給了自己。任天駿看到那本書上分明寫著《三字經》，他皺了皺眉頭道：「你以為我不認識字？」

羅獵昂了昂頭，示意他打開來看看，任天駿拿起這本書，翻看了一下，很快就找到了那枚乾隆皇帝的朱印，雖然他不知道真正的東山經是什麼樣子，可是也能夠判斷出這本書絕不普通。

任天駿道：「你就這麼輕易把這麼重要的東西給我？」

羅獵道：「重要嗎？」

任天駿道：「我可聽說了此前發生的事情。」

羅獵道：「對我來說不重要，我和風九青有個約定，距離我們的約定時間已經不多了，我現在只想平平靜靜地過日子，在約定之日到來之前，我不希望她來打擾。」

任天駿低聲道：「你怕她？」

羅獵不置可否地笑了起來。

任天駿道：「我也怕她！」他不知為何居然對著仇人說出了這番話，他親眼見識過羅獵在婺源老營的表現，在他看到那些慘死的士兵之後，他明白了一件事，這個世界上有一些人的能力遠超他的想像，他根本無法報仇，而在他的兒子出生之後，任天駿的許多想法都改變了。

羅獵道：「你不是害怕她，你是害怕失去。」他向那本東山經掃了一眼道：「我也一樣，告訴她，不要干擾我的生活，這五年絕不要再出現我的世界中。」

任天駿站起身道：「我會把這本書交給她，也會把你的話帶給她。」

羅獵感到釋然，任天駿或許仍然把他看成仇人，不過他並不擔心任天駿會報復，因為他在這次的見面從任天駿身上感到了敬畏，上次的任天駿是不怕死的，而這次任天駿卻明顯懼怕死亡，確切地說，不是怕死，而是害怕死去之後無人能夠照顧他的兒子。

任天駿返回家中，首先去看了自己的兒子，任餘慶坐在空蕩蕩的客廳裡，一根手指在鋼琴上單調而不停地敲擊著，保姆遠遠坐在窗前，壓根不關心這個可憐的孩子，她靜靜望著遠方的夕陽。

任天駿來到兒子身邊，每次看到孩子，他的心中都會湧出一種難言的酸楚感，如果知道兒子是這個樣子，就不該讓他出生在這個世界。可有些事是沒有選擇的，任天駿靜靜望著兒子，他知道即便是自己站得那麼近，兒子仍然不會察覺到他的存在。他們雖然是父子，雖然處在同一個房間內，卻又在不同的世界。

任天駿沒有打斷孩子彈琴，來到保姆的面前，將那本書遞給了她。

保姆接過三字經翻了翻，目光停留在乾隆皇帝的朱印之上。

任天駿道：「他說，這五年絕對不要出現在他的世界中。」

保姆露出一絲漠然的笑：「他是個聰明人。」

任天駿道：「救救我兒子……」他的聲音並不大，可他相信對方聽得到，而且看得到他臉上的祈求。

保姆道：「人不可以太貪婪，要懂得放棄。」她站起身，一身樸素的服飾並沒有掩飾住她強大到不可一世的氣場，風九青盯住任天駿道：「這就是你比不上羅獵的原因。」

羅獵說服了葉青虹，他們決定留在黃浦舉辦婚禮，羅獵相信自己的感覺，如今的任天駿已經判若兩人，他只是被風九青控制的傀儡。

週末羅獵和葉青虹陪著小彩虹一起去看萬國馬戲團的表演，他們在入口處居然遇到了同來看馬戲的任天駿父子。

葉青虹內心咯噔一下，難怪說冤家路窄，想不到看個戲都能和這位仇人狹路相逢。羅獵表現得非常豁達，向任天駿招呼道：「任督軍，您也來看馬戲啊！」

任天駿點點頭道：「真是巧啊！」他向小彩虹看了一眼道：「你女兒啊！」

不等羅獵開口，小彩虹已經乖巧地稱呼道：「叔叔好！我是小彩虹。」

任天駿望著這可愛的小女孩，再看到自己木呆呆的兒子，心中不由得一酸。

羅獵道：「你兒子？」

任天駿點了點頭，他顯然不想繼續待下去，摸了摸兒子的頭頂道：「我先進去了。」

小彩虹卻道：「小哥哥，你叫什麼名字？我們交個朋友好不好？」

任餘慶仍然呆呆望著地面，彷彿周圍的一切都跟他沒有關係，葉青虹也看出這孩子不太對，柔聲道：「女兒，咱們也進去吧。」

小彩虹將手中還沒吃的棒棒糖遞給了任餘慶：「小哥哥，送給你。」

「謝謝，小彩虹你……」任天駿本想說讓她留著自己吃，卻想不到從不和外人交流的兒子居然伸手接過了那只棒棒糖。

小彩虹甜甜笑了起來。

任餘慶望著小彩虹呆呆地，手中攥緊了那支棒棒糖。

小彩虹指了指自己的嘴巴：「吃，小哥哥，你吃！」

任餘慶居然聽懂了她的話，將棒棒糖含在了嘴裡。

任天駿的表情充滿了不可思議，他從沒有見過兒子這樣，居然懂得和別人交流了。

羅獵道：「反正都是看馬戲，我訂了包廂，一起吧！」

葉青虹其實是並不想和任天駿相處的，可羅獵既然提起，她就不會反對。換成以往任天駿一定會拒絕，可是他看到兒子在面對外人時頭一次如此安靜，內心中不由得萌生出希望，難道眼前的這個小女孩才是打開兒子內心世界的鑰匙？

小彩虹牽著任餘慶的手向入口跑去，葉青虹快步跟了過去。羅獵和任天駿對望了一眼，兩人都沒有想到會發生這樣的事情。

來到包廂，羅獵叫了兩杯紅酒，遞給任天駿一杯。

「謝謝！」任天駿接過紅酒道，他其實真正感謝的不僅僅是這杯紅酒。羅獵的目光在他雪白的手套上掃了一眼，輕聲道：「其實最懂孩子世界的還是孩子自己，他們的內心是最純真的。」

任天駿認同羅獵的看法，他抿了口紅酒道：「東西我交給她了，她走了。」

羅獵道：「在我看來，這世上沒有什麼能比家人更珍貴。」

任天駿道：「我只想他健康平安，如果可以，我願意用我的一切去換。」

葉青虹聽到這番話，終於明白羅獵因何改變主意要留在黃浦，任天駿有了牽掛，現在的任天駿縱然無法放下仇恨，可仇恨對他來說已經不是唯一。

萬國馬戲團的馬戲很精彩，兩個孩子看得聚精會神，小彩虹不時發出歡呼聲，任餘慶雖然沒有歡呼，可是他的小臉上也出現了難得一見的笑容。任天駿道：「你說得對，孩子的世界我們其實不懂。」

羅獵道：「**每個人都是從那個世界走過來，可能是時間太久，我們忘了過去的童真，也忘了初心。**」

此時掌聲雷動，卻是最為精彩的飛刀環節到了，一位穿著緊身衣的金髮美女出現在舞台上，她是表演的人肉標靶。

台上兩人的表演很精彩，互動也詼諧風趣，引來陣陣歡呼和陣陣尖叫，羅獵不由得想起自己在北美的時候，在那段最艱難的日子，他曾經混跡過馬戲團，他的一手飛刀絕技就是在那個時候學會的。

到了和台下觀眾互動的環節，演員向現場的觀眾發出了邀請，不過現場觀眾卻沒有敢於上前嘗試的，那位投擲飛刀的演員攤開雙手，顯得頗為無奈。小彩虹居然舉起了手，那演員興奮道：「看看那位小朋友，勇敢的小朋友。哦，請她的父親上台。」這麼小的孩子當然不會被邀請上台參加這麼刺激的節目的。

羅獵想到的第一個詞就是坑爹，這麼小的女兒居然無師自通就懂得了坑爹。兩位小朋友眼巴巴看著他，葉青虹也忍不住笑了，她知道羅獵過去在馬戲團的經歷。

任天駿道：「看來小朋友很期待你上場呢。」

羅獵點了點頭道：「我來！」他脫下外面的西服交給葉青虹，在眾人的掌聲中走上了舞台。

那位飛刀表演者向羅獵講了幾句，然後遞給他一個蘋果，羅獵也很會配合，拿起蘋果做出要吃的樣子，那表演者慌忙搶了過來，把蘋果放在他頭頂，現場又引來一片笑聲。

羅獵將蘋果放在頭頂站在指定的位置，那表演者佯裝要投擲，虛張聲勢了幾下，然後走到羅獵面前將飛刀插進了蘋果裡，現場笑聲不斷，羅獵對這種表演套路非常熟悉。

表演者向他豎起了拇指，羅獵卻笑著將蘋果放在了他的頭頂，示意他們兩人互換一下位置，現場掌聲雷動。

飛刀表演者顯然沒有料到會有這種套路，他誇張地擺手，可羅獵卻從蘋果上拔下了飛刀，退到他剛才的位置，羅獵做了個瞄準要投擲的動作，只是虛張聲勢，飛刀表演者認為他只是為了節目效果，也配合地做出誇張的表演。

羅獵又向後退出一大段距離，要在剛才表演者投擲距離的三倍以上，他忽然出手，咻！飛刀閃過一道寒光，在眾人的驚呼聲中飛了出去，準確無誤地射中了飛刀表演者頭頂的蘋果，並將那蘋果從中剖成兩半。

現場鴉雀無聲，飛刀表演者嚇得臉都白了，好一會兒才回過神來，高手啊！敢情自己遇到了一個百步穿楊的高手。現場掌聲雷動，小彩虹激動地站起來拍手，這一刀的精彩甚至感染到了任餘慶，他也站起來拚命鼓掌。

羅獵笑著來到那表演者面前拍了拍他的肩膀，然後轉身返回包廂。羅獵並不喜歡出風頭，可是作為一個父親，在自己女兒的面前要有所表現，他要成為女兒的驕傲和依靠。

任天駿的內心卻抽搐了一下，他不由得想起在婺源老營的時候，那驚世駭俗的一刀，羅獵剛才的出刀難道是對自己的警告？

馬戲結束之後，兩家人在門前分手，小彩虹道：「叔叔，過幾天帶小哥哥來我們家玩好不好？」

任天駿看了看兒子，發現兒子也充滿期待地望著自己，他笑了起來：「好啊，這樣吧，我去之前會提前打電話。」

羅獵和葉青虹上了車，小孩子畢竟不能熬夜，小彩虹上車不久就躺在葉青虹的懷裡睡了，葉青虹望著孩子安祥恬靜的小臉，拿起車上的毛毯給她蓋上，小聲道：「女兒玩得很開心。」

羅獵道：「平時沒有小朋友陪她玩，見到小餘慶當然高興。」

葉青虹道：「任天駿改變了很多，你說他是真的放下了仇恨，還是心機更深了呢？」

羅獵道：「放下仇恨哪有那麼容易，不過他或許已經看透了人生。」

葉青虹並不明白他這句話的真正含義：「什麼？」

羅獵沒有提起風九青的事情，如果讓葉青虹知道只會增加她的心裡壓力，輕聲道：「冤家宜解不宜結，任天駿如果能夠放下，咱們又有什麼理由不放下？」

羅獵檢查虞浦碼頭工地的時候，李焱東過來拜訪他，羅獵和李焱東沒打過幾次交道，對他的瞭解僅限於程玉菲的助手，李焱東神情有些慌張，見到羅獵第一句話就問道：「羅先生，您有沒有見過程小姐？」

羅獵道：「她沒來啊，我有幾天沒見過她了。」

李焱東道：「程小姐從昨兒一早出去，到現在都沒音訊，我都急死了。」

羅獵道：「她是不是出去查案了？」

李焱東道：「過去查案都會交代去向，而這次根本沒有留下去向。」

羅獵一聽也覺得有些不妙了，他低聲道：「李先生，你知不知道她最近在查什麼案子？」

李焱東道：「前陣子不是幫您查案子嗎？具體她也沒跟我說，可能是跟一樁金條的交易案有關。」

羅獵內心一沉，不由得想起了海龍幫被黑吃黑吞掉的那批金條，難道程玉菲仍然不肯罷手，決定要追究到底？這可不是什麼好事。

羅獵道：「你知不知道她可能去什麼地方？」

李焱東歎了口氣道：「該找的地方我都找了，可誰都不知她在什麼地方。」

羅獵道：「有沒有去巡捕房？」

李焱東道：「劉探長不願意見我。」

羅獵讓李焱東稍等，他回辦公室往法租界巡捕房打了一個電話，劉探長欠他的人情，羅獵認為他不可能拒接自己的電話。果不其然劉探長接通了電話，羅獵也不跟他繞彎子，開門見山地將程玉菲失蹤的事情說了。

劉探長聞言也是一怔，他想了想道：「我看未必會出事，我對程小姐非常瞭解，她身手不弱，而且智慧出眾，做事冷靜，很少去冒險辦案。可能她只是去查案，不想受到其他人的干擾。」

羅獵道：「我聽說劉探長新近抓了殺死許成的嫌疑犯。」

劉探長支支吾吾道：「此事倒是有，不過這案子涉及到之前的軍火走私，案子發生在公共租界，按道理應當屬於公共租界巡捕房來辦案，而且他們那邊要求我們配合辦案，前天就已經將幾名嫌犯移交給了他們。」

羅獵知道劉探長肯定會選擇明哲保身，這也是他奉勸程玉菲不要跟進的原因，這案子牽涉太廣，面臨的壓力太大，繼續追查下去程玉菲肯定會面臨來自方方面面的壓力，甚至危險，現在程玉菲失蹤很可能和此案有關。

羅獵道：「程小姐是不是遇到麻煩目前的確沒有定論，可是作為她的朋友，我們還是要重視一下這件事。」

劉探長道：「好，我馬上派人去查，不過我的職權範圍在法租界，搜查也只能限於這一區域。」

羅獵道：「多謝劉探長。」放下電話來到外面，看到李焱東仍在那裡等著，羅獵道：「走吧，我跟你去辦公室看看。」李焱東愕然道：「去那裡做什麼？」

羅獵沒有回答，他去程玉菲的辦公室是想看看能否從那裡找到線索，李焱東雖然是程玉菲的助手，其辦案偵破能力卻遠遠不及程玉菲。

羅獵不是專業偵探，但是他的觀察力、分析力和判斷力都超人一等，這三點正是一個優秀偵探必備的素質。

在得到李焱東的允許之後，羅獵對程玉菲的辦公室進行了檢查，最後在程玉菲辦公桌旁的廢紙簍內發現了一個紙團，紙團上有一行字，這行字是英文和阿拉伯數字混合的編碼，羅獵將這張紙遞給了李焱東。

李焱東看得一頭霧水，愕然道：「這編碼是什麼？」

羅獵道：「如果我沒看錯，應當是金條的編碼，你不是說聽程小姐提起過金條的事情嗎？」

李焱東連連點頭，羅獵道：「她有沒有說過要去銀行之類的話？」

李焱東努力回憶著，過了一會兒道：「去過，前天的事情，她說要去銀行辦點事。」

「知不知道她去了哪家銀行？」

李焱東搖了搖頭道：「不清楚，她沒跟我說。」

「她去了多久，幾點離開幾點回來？」

李焱東道：「大概有一個小時的樣子……」說到這裡他猛然醒悟了什麼，望著羅獵道：「這銀行一定不會離得太遠，她是步行去的，去掉在銀行辦理業務的時間，只有兩個可能。」附近的銀行只有兩個，所以李焱東才這麼說。

羅獵道：「很好，咱們現在就去查查。」

兩人先去了嘉業銀行，因為在同一條街上開偵探社，所以李焱東和附近的銀行都很熟，詢問程玉菲是否來過，根據銀行職員說，程玉菲前天下午的時候來過，還特地問了一件事。

羅獵將那帶著編號的紙條放在銀行職員面前：「請問她來這裡的時候有沒有出示這張紙？」

銀行職員道：「因為當時不是我跟她談，我得問問。」他拿起紙條找到昨天下午當班的職員，問過之後很快回來，向羅獵道：「我們沒見過，這紙條上的編碼應當是金條的編號，這種編號的金條應該不是來自官方，我們銀行既不會提供也不會回收。」

李焱東滿臉的失望，羅獵道：「那您知不知道誰會回收這種金條？」

銀行職員看了羅獵一眼，李焱東道：「您放心吧，他是我朋友。」

銀行職員道：「整個黃浦只有清譽錢莊有可能做這種東西。」

羅獵點了點頭，清譽錢莊是于家的物業，其實說起來羅獵和他們也不陌生，黃浦于家財雄勢大，現任當家人是于廣福，于廣福的兒子于衛國死於四年前，當時最大的嫌疑人就是羅獵，于家還一度懸賞二十萬大洋進行通緝。

羅獵之所以不讓程玉菲繼續查這件案子是因為他看出是張凌空聯手于廣龍黑了海龍幫的金條，現在看來甚至連于家也可能牽涉其中，就算劉探長也看出了其中的奧妙，他將兩名嫌犯轉交給公共租界的于廣龍就是要撇開關係，不想招惹這個麻煩。

李焱東決定再去清譽錢莊查查，羅獵卻認為沒那個必要，他和李焱東就此分手，羅獵並非知難而退，就算查出了金條在清譽錢莊也說明不了問題，更不可能將張凌空等人治罪。

羅獵決定直接去見張凌空，跟他好好談談。

張凌空最近也不順心，他本以為新任督軍任天駿的到來會讓自己如虎添翼，卻想不到這任天駿目空一切，來到之後提出的第一個要求就是要買下自己在法租界的地皮，更離譜的是，這廝居然要在這裡給他死去的老爹建一座陵園，張凌空當面不好拒絕，只能先敷衍，同時他也在尋求各方關係，要讓任天駿知難而退。

聽聞羅獵前來拜訪，張凌空第一個念頭就是羅獵也盯上了自己的這塊地皮，從他來到黃浦，他和羅獵之間的關係就不怎麼融洽，雖然通過法國領事蒙佩羅從中協調，可他們之間也處於面和心不和的狀況。張凌空認為羅獵這個人有著洞悉一切的精明，所以他不敢和此人走得太近。

可無論心中怎麼想，表面功夫還是要做的，張凌空請羅獵進入自己的辦公室，笑臉相迎道：「羅先生今天又有什麼要緊事？」此前羅獵曾經找他，當時是因為海龍幫的事，張凌空並沒有給他面子，可現在那件事已經暫時告一段落了。

羅獵道：「無事不登三寶殿。」

張凌空道：「羅先生只要來找我總不是小事。」他的秘書過來給羅獵送上了一杯茶，羅獵接過茶杯的時候，發現張凌空換了一位女秘書，微笑道：「張先生最近身邊的人換得夠勤。」

張凌空聽出他話裡有話，淡然笑道：「我這個人總是看不準人，所以被許多刁鑽滑頭的傢伙鑽了空子，吃一塹長一智，只要被我發現這種人，有一個就解雇一個。」

羅獵道：「聽說您過去的秘書趙嶺被抓了？」

張凌空皺了皺眉頭，這廝果然是哪壺不開提哪壺：「倒是有這事，目前巡捕房正在查，情況基本上已經查明了，應當是誣告，你知道的，我在黃浦得罪了不少人，很多人只要一有機會就往我身上扣屎盆子。」

羅獵道：「也是，不遭人妒是庸才，像張先生這種優秀的人物肯定要遭到許多人的記恨。」

張凌空道：「羅先生才是大才。」

羅獵道：「我今天來找張先生，其實是想讓您給幫幫忙。」

張凌空道：「那得看是什麼忙，我怕自己有心無力。」

羅獵道：「張先生和公共租界于警長的關係很好吧？」

張凌空面對這個眾所周知的事實當然不會否認，他點了點頭道：「認識好多年的朋友了，于警長在來黃浦任職之前曾經在我叔叔麾下服役。」

羅獵道：「我想張先生跟于警長說一聲，幫忙找找程玉菲。」

張凌空皺了皺眉頭道：「程玉菲是不是那個女神探？她怎麼了？」

羅獵道：「失蹤了，昨天一早到現在都沒有音訊。」

張凌空笑道：「失蹤未必有事吧，偵探的工作很特殊，程玉菲不是號稱黃浦第一神探嗎？說不定她去查什麼案子，以她的能力自保也不會有什麼問題。」

羅獵道：「失蹤之前她在查一筆金條的下落，那些金條正是海龍幫用來購置軍火的。」

張凌空道：「如此說來，應當去找海龍幫的人問，哦，我突然忘了，海龍幫的幾名囚犯不是在轉移的途中被人救走了嗎？這可能就麻煩了，不好查。」

羅獵道：「您知不知道趙嶺是怎麼被抓起來的？」

張凌空警惕地望著羅獵：「還不是因為那個什麼殺手的誣告。」

「咱們中國人有句老話，蒼蠅不叮無縫蛋，趙嶺他自己如果沒有毛病，為什麼那個殺手會找上他？」

張凌空笑道：「那就得看巡捕房的本事了，雖然他過去在我這裡任職，可我也不能干涉辦案，你說是不是？」

羅獵道：「趙嶺沒告訴你，是我和程玉菲抓了他啊？」

張凌空內心一怔，他呆呆望著羅獵，沒想到羅獵會在自己的面前坦誠這件事，不過他很快就笑了起來：「羅先生跟我開玩笑？」

羅獵道：「你看我像開玩笑嗎？」

張凌空從羅獵的臉上看不出一絲一毫的笑意。

羅獵道：「有些事大家心知肚明，巡捕房不好出面，可並不代表著無人過問，我手裡恰恰有趙嶺的一份供詞，如果讓你看到，一定會覺得是血口噴人。」

張凌空的嘴巴動了一下，不過終究還是沒有說話。

羅獵道：「我也覺得他的供詞不可信，所以沒有提供給巡捕房，也沒有公諸於眾，可程玉菲不信這個邪，她非得要繼續查下去，你說她是不是有些奮不顧身的蠻幹了？」

張凌空道：「捕風捉影的事情又能有什麼結果？」

羅獵道：「只要查就會有結果，事情是真正發生過的，金條是真實存在的，只要我想查，從海龍幫那邊得到所有的金條編號並不難，可能有人會說可以將金條全部融化重新鑄造，只可惜有些給出去的金條是不好要回來的。」

張凌空冷冷望著羅獵。

羅獵笑瞇瞇道：「我說了這麼多，張先生還沒答應幫忙呢。」

張凌空道：「羅先生真覺得我能幫上忙？」

羅獵道：「張先生要是不肯幫忙，我只能直接去找于警長了，不過于警長跟我沒什麼交情，未必肯給我面子，我這個人也不是沒有脾氣，別人不給我面子，我也不會給他面子，真要鬧得兩敗俱傷，到時候可不好收場。」

張凌空何嘗聽不出羅獵是在威脅自己，他差一點就發作，可最後還是控制住了自己的情緒，平靜道：「未必兩敗俱傷那麼嚴重吧？」

羅獵道：「這世上最怕認真二字，如果真的認真起來，殺敵一萬自損五千的事情誰都幹得出來，開山幫一定樂見其成。」

張凌空心中暗罵，你又威脅我，可他也不得不承認羅獵所說的都是事實，當下點了點頭道：「羅先生既然開口，我總不能不給您這個面子，不如這樣，我回頭親自去公共租界巡捕房一趟，讓于警長幫這個忙。」

羅獵微笑道：「相安無事最好，和氣生財何必搞得風聲鶴唳草木皆兵，您說是不是？」

羅獵走後，張凌空果然去找了于廣龍，他把羅獵剛才找自己的事說了一遍。

于廣龍皺著眉頭道：「他當真這麼說？」

張凌空道：「他說得清清楚楚，是他和程玉菲抓了趙嶺，還說手中有趙嶺的證詞。」

于廣龍氣得將手中的杯子重重落在桌面上，怒道：「我早就說過你留了太多的隱患。」

張凌空道：「其實一份證詞也說明不了什麼，他無法證明是我們拿了海龍幫的黃金。」

于廣龍道：「他當然證明不了什麼，如果他找到了足夠的證據，你我還能坐在這裡好好聊天？」

張凌空道：「現在那個王兆啟和趙嶺不是全都在你的手裡嗎？只要他們不說……」

于廣龍道：「羅獵這個人不簡單啊，難道你聽不出他的意思嗎？」

張凌空沒有說話，他怎能不明白羅獵的意思，羅獵是去找他攤牌的，換句話來說，羅獵認定了他們兩人和程玉菲的失蹤有關，如果程玉菲有事，羅獵絕不會息事寧人。張凌空沒有當場拒絕羅獵，就是因為他心虛，黑吃黑的事情是他和于廣龍聯手所為，他們本想神不知鬼不覺地將這筆橫財吞下，卻沒有料到其中會起那麼大的波折。

真正的原因是他們沒有想到海龍幫的海盜居然和羅獵有交情，羅獵在這件事上多次為他們奔走。

張凌空道：「你的意思是……」

于廣龍道：「這一步咱們讓還是不讓？」

張凌空道：「讓又如何不讓又如何？」

于廣龍道：「讓，就幫忙找程玉菲，大家達成默契維持現狀，他們應當不會在這件事上繼續追查，如果不讓，他們會繼續尋找程玉菲，甚至不惜因為這件事和我們反目，並將一些過去沒有揭開的老賬一股腦全都揭出來。」

張凌空道：「他們沒證據。」

于廣龍道：「證據並不重要，主要是掂量清利害關係，你做好和他成為敵人的準備了嗎？」

張凌空默默回想著，他和羅獵之間還沒有過真正意義的交手，他聽說過羅獵的許多傳奇故事，可並沒有親眼見識過。

于廣龍道：「當年為了羅獵，整個黃浦被攪了個天翻地覆，到最後他還不是一樣安然脫困？就算為敵，咱們也未必要衝鋒向前，新任黃浦督軍任天駿和他可是不共戴天。」

張凌空聽到任天駿的名字內心不由得一震，自己怎麼就沒有想到呢？傳聞任天駿的父親贛北軍閥任忠昌就是死在羅獵的手裡，殺父之仇不共戴天，任天駿應當不會放過羅獵。

張凌空又想起任天駿盯著自己在法租界地皮的事情，忽然想到如果能夠挑起他們之間的矛盾和紛爭，自己也就從困局中解脫出來。

此時于廣龍辦公桌上的電話響了起來，于廣龍拿起電話，這個電話是法租界巡捕房劉探長打過來的，于廣龍在電話中和對方寒暄了一會兒，很快就聽懂了對方的意思，劉探長也在向他暗示，如果程玉菲的失蹤和他有關，希望他能夠手下留情。

于廣龍掛上電話，向張凌空道：「劉探長和程玉菲是世交，他居然也認定了程玉菲的失蹤和我有關。」

張凌空歎了口氣，在軍火走私一案上，劉探長給足了于廣龍面子，否則也不會將兩個重要人證轉交給他，現在的局勢表明，如果他們選擇對抗，恐怕多的不僅僅是羅獵一個對手。

于廣龍道：「大家還是各讓一步吧。」

張凌空道：「好，我就給羅獵這個面子。」

雨下得很大，一輛汽車將一隻麻袋扔到了虞浦碼頭的大門前，然後迅速開走了，等工人發現的時候，汽車已經不見蹤影。聽到消息的羅獵冒雨來到門前，工人指著那蠕動的口袋正在議論要不要報警。

羅獵走過去，用小刀割斷了麻袋上的繩索，打開麻袋，從裡面露出一個人來，羅獵看得真切，正是程玉菲，她嘴上被塞著爛布，雙手雙腳都被繩索捆著，羅獵為她割斷了繩索，扯下口中的破布。

程玉菲驚魂未定地望著羅獵，這會兒才意識到自己已經得救了，羅獵向眾人道：「都散開，該幹什麼幹什麼去！」他脫下自己的上衣為程玉菲披在肩頭，關切道：「能走嗎？」

程玉菲點了點頭，在羅獵的攙扶下站起身來，因為長時間被捆，她的手腳發麻，依靠羅獵的攙扶才來到辦公室內。

羅獵讓她坐下，給她倒了杯熱茶，程玉菲木呆呆坐在那裡，羅獵道：「我通知李焱東？」

程玉菲搖了搖頭，總算緩過神來，顫聲道：「我沒事……我沒什麼事……讓我坐一會兒，休息休息。」

羅獵點了點頭，他也坐了下來默默陪著程玉菲。

程玉菲捧著那杯熱茶，一口一口小心地喝，喝完那杯茶，羅獵走過去又幫她續上，程玉菲道：「我還以為我要死了。」她仍然處於恐懼中。

羅獵道：「沒事，人平安回來就好。」

程玉菲道：「我都不敢相信他們會把我放了，為什麼會把我扔在這裡？」抬起頭看了看羅獵：「是不是你去找他們談判了？」

羅獵道：「這件事到此為止吧。」

程玉菲道：「是張凌空綁架了我對不對？」

羅獵道：「我沒什麼證據，你有沒有看清楚綁架你的人？」

程玉菲搖了搖頭：「我被人打暈了，醒來就被五花大綁裝在了麻袋裡，沒有跟我說話，我也不知道被關在什麼地方，不過那房間裡應該只有我自己，幾個小時前他們把我扔到了一輛車裡，然後那輛車帶著我到處走，剛才他們將我扔了出去，然後……」她苦笑道：「你都看到了。」

羅獵道：「你去追查金條了？」

程玉菲沒有否認，其實羅獵在此前就提醒過她，這件案子查到現在為止，如果繼續追查下去很可能會遇到危險，不幸被他言中了。她咬了咬嘴唇道：「我不會放過他們。」

羅獵歎了口氣道：「我送你回去，好好休息，有什麼事等明天再說。」

程玉菲點了點頭，羅獵開來汽車，將程玉菲送到了她的住處，在程玉菲住處的樓下，遇到了前來找她的麻雀，麻雀也聽說了程玉菲失蹤的事情，所以過來看看，沒想到剛巧遇到了羅獵送她回來。

羅獵看到麻雀在，笑道：「剛好，麻雀，你送程小姐上去吧，我先走了。」

羅獵認為自己跟上去畢竟不方便。

程玉菲道：「既然來了，就上去喝杯咖啡吧，有些事我還想跟你說。」

聽她這樣說羅獵只好點了點頭。

來到程玉菲住處，程玉菲讓麻雀和羅獵在客廳稍坐，她去洗個澡換身衣服。

麻雀有不少的問題想問，等到程玉菲走後，向羅獵道：「你在哪裡找到她的？到底出了什麼事情？」

羅獵道：「你問我，我也想知道，等她出來你直接問她不就清楚了？」

麻雀打開手袋，從裡面居然掏出了一盒煙，羅獵好奇地望著她，麻雀壓根沒有在意他的目光，當著他的面抽出一支煙點上，她抽煙的動作很熟練，一看就知道已經抽過不短的一段時間了。

吐出一團煙霧，這才意識到羅獵看著自己，將煙盒放在茶几上推向羅獵道：「想抽就自己拿。」

羅獵笑了笑道：「我戒了！」

麻雀道：「葉青虹管得夠寬啊。」

羅獵道：「她不管我，只是我突然不想抽了，在女兒面前抽煙總是不好。」

麻雀點了點頭，問道：「我抽煙的樣子像不像一個壞女人？」

羅獵道：「像個想學壞的女人。」

麻雀道：「其實男人也罷，女人也罷，太好了反而沒人喜歡，你說是不是？」

羅獵不置可否地笑了起來。

麻雀向周圍看了看，並沒有找到煙灰缸，羅獵知道她的意思，從茶几下找到了煙灰缸給她遞了過去，麻雀說了聲謝謝，然後嫻熟地彈落了煙灰：「你女兒叫什麼？」

「小彩虹！」

麻雀道：「你挺愛葉青虹的，連給女兒起名字都要帶上她。」

羅獵沒有解釋，也沒有解釋的必要。

麻雀道：「最近你做了許多針對盜門的事情，不怕遭到報復嗎？」

羅獵道：「你哪兒聽來的風言風語？我為什麼要針對盜門？」

麻雀道：「東山經，這理由還不夠充分嗎？」

羅獵笑了起來：「我可沒什麼東山經，麻雀，假如你認識盜門的門主，不妨幫我帶個話，我沒見過什麼東山經，讓他們以後離我遠一點，如果再找我的麻煩，別怪我不念舊情。」

麻雀道：「舊情？你跟誰有舊情？跟我嗎？」

羅獵笑道：「總覺得你變了，可又覺得你變化不大。」

麻雀將煙蒂狠狠摁滅在煙灰缸裡：「我的事情不用你來評價！」

程玉菲沐浴更衣之後，從裡面走了出來，她聞到了客廳內的煙味兒，皺了皺眉頭道：「麻雀，你又抽煙！」她顯然不喜歡這個味道。

麻雀道：「我算明白了，你嫌我礙著你們說話了，我走行了吧？」她站起身佯裝要走，程玉菲過去摁著她的肩讓她在沙發上坐下：「再這樣我就生氣了。」

羅獵走過去幫忙把窗戶都打開了，讓室內的空氣流通得更快一些，外面雨下得很大。

麻雀望著羅獵的背影，不得不承認他的身上有種與生俱來的魅力，實在是太討女人喜歡了，可麻雀感覺到羅獵跟自己現在已經完全成為兩個世界的人，在羅獵的身上她感覺不到任何的親切。

羅獵道：「程小姐，你最好給劉探長報個平安，你失蹤的這段時間大家都急壞了。」

程玉菲道：「感覺是我給你們惹了一個大麻煩。」

麻雀道：「什麼人幹的？玉菲你告訴我，我幫你出這口氣。」

羅獵道：「這裡是租界，有巡捕的。」

麻雀惡狠狠瞪了他一眼道：「我看十有八九都是被你連累的，我早就說過，無論是誰只要跟你走近了都會有麻煩。」

羅獵的內心還是難免被她插了一刀，羅獵雖然不跟她一般見識，可心中卻有些難過。程玉菲聽不下去了：「麻雀，你瞎說什麼？是羅獵救了我。」

麻雀道：「他救了你？他在哪兒救了你？」

程玉菲被她問住了。

麻雀充滿敵意地望著羅獵：「你可真有本事，你們才認識幾天啊，連她也幫你說話。」

程玉菲俏臉一熱道：「我是幫理不幫親。」

麻雀道：「少來這套，程玉菲，你不是在查軍火走私案嗎？你知不知道這位羅先生早就和海龍幫的幾個人認識？」

羅獵沒事人一樣站起身來：「咖啡呢？」

程玉菲歉然道：「你看我，把這事給忘了，真是失禮。」她起身去煮咖啡。

麻雀仍然盯著羅獵道：「海明珠他們被救走那天，你去了什麼地方？」

羅獵道：「我啊？哪天啊？你幫我捋捋。」

麻雀道：「你不用裝糊塗，你去了什麼地方我知道，張長弓他們是幾時出發的我都知道。負責押運的士兵其中有些人的傷口很特殊，我通過一些特殊途徑得到了驗屍報告，你有沒有興趣啊？」

羅獵搖了搖頭：「沒興趣，跟我毫無關係的事情我為什麼要有興趣？」

麻雀道：「你為什麼喜歡用飛刀啊？」

羅獵反問道：「這世上只要死在飛刀之下的就是我幹的？」

「敢做為何不敢認呢？」

程玉菲端著咖啡走了過來，羅獵接過咖啡，笑道：「你感覺好些了吧？」

程玉菲道：「放心吧，我這個人是鐵打的，沒什麼事情能夠擊垮我。」

聽她這麼說，羅獵反倒有些擔心起來，這次的事情對程玉菲是個提醒，如果她堅持繼續查軍火走私案，下次可能就不會那麼幸運了，倒不是羅獵想放過張凌空這群人，而是想要懲罰他們通過正當的途徑未必能夠順利達到目的。

麻雀道：「現在你可以說說到底發生了什麼事情？」

程玉菲道：「既然都過去了，而且我也沒什麼事情，就不要再提了。」

麻雀愕然道：「那怎麼可以？難道你不打算追究了？」

程玉菲正色道：「要查也是我自己的事情，不需要任何人代勞，你們兩人的心意我都領了，至於該怎麼做我會處理。」

麻雀還想說什麼，羅獵道：「程小姐說得沒錯，自己的事情還是自己處理，別人誰都不能替你拿主意。」

程玉菲道：「無論怎樣，我都要謝謝你們的關心，如果沒有你們東奔西走地幫我，我這次都會很麻煩。」

羅獵舉起咖啡杯道：「讓我們以咖啡代酒，祝賀程小姐平安歸來。」程玉菲很配合地舉起了杯子，麻雀雖然不想跟羅獵碰杯，不過她還是舉起了咖啡杯：「希望所有的晦氣事都離玉菲遠遠的。」

第十章

精神力

羅獵的精神力突破了任餘慶壁壘森嚴的腦域，
在任餘慶腦域世界中，他舒展著四肢，徜徉在金色湖泊，
溫暖的陽光照在他的身上，任餘慶感覺到一點都不害怕，
在他的不遠處，一頭銀灰色的狼浮游在水面上，
溫暖的目光望著自己，任餘慶感到這頭狼非常的親切，
他繼續奮力向前游著……

羅獵喝完了那杯咖啡先行告辭離去，等他下樓之後卻發現，自己汽車的四條輪胎被人給卸了個乾乾淨淨，羅獵的唇角不由得浮現出一絲苦笑，再看麻雀的那輛汽車，四條輪胎好端端的，兩相對比不難猜測出這事的起因何在。

麻雀此時也走了出來，她撐開雨傘走向汽車，馬上有人為她拉開了車門，麻雀朝羅獵這邊看了看，臉上露出幸災樂禍的笑容，她朝羅獵擺了擺手，然後上車離去。

羅獵又領悟了一次唯小人與女子難養也，女人還是不能輕易得罪。這輛車暫時沒法開了，他撐起雨傘向前方的街道走去，只能先找輛黃包車回去。還好並沒有走出太遠，就遇到了一輛黃包車，羅獵上了車，讓車夫先送他去虞浦碼頭。

車夫拉著羅獵冒雨向前方飛奔，可沒多久速度就慢了下來，羅獵舉目望去，卻見前方一群人攔住了他們的去路，後方傳來車輪的急速轉動聲，卻是一人推著一輛裝滿貨物的板車向黃包車的後方撞去。

羅獵已經躬身衝了出去，那黃包車夫轉身一腳向他踢去，試圖一腳將羅獵踢回座位上去，羅獵左掌在他的大腿上一拍，身體借力騰空右肘重擊在對方的面龐之上，黃包車夫被羅獵這一肘打得跪倒在了地上，發出一聲哀嚎。

羅獵已趁機越過他的頭頂站在了前方道路上，可這並不意味著他能夠突出重圍，他的前方，他的身後都被數十人圍堵，眾人手中全都拿著明晃晃的開山刀。

開山刀原本是開山幫的標誌性武器，可羅獵和開山幫之間並沒有什麼過節，非但沒有過節，在某種意義上他還幫助了開山幫，正是他和白雲飛出面方才調停了開山幫和張家的戰爭。

羅獵被百餘名彪悍的漢子圍困在中心，雨不停地下，羅獵心中沒有一絲一毫的懼怕，以他現在的實力，只需用一柄飛刀就可以將這些人斬殺殆盡，可這裡是租界，如果他真的那樣做將會引起怎樣的轟動。

羅獵道：「我和諸位無怨無仇，不知大家為何找上了我？」

回答他的是這群人震耳欲聾的吼叫聲，然後他們舉起開山刀冒著暴雨向中心的羅獵衝了上去。

羅獵歎了口氣，他沒有後退，而是如同一道黑色閃電般衝入了握刀的人群中，一掌擊飛了其中的一人，順勢搶過了他的開山刀，羅獵不想殺人，所以他只是用開山刀的刀背阻擋並擊打對手，明晃晃的開山刀在人群中發出急促而密集地碰撞聲，羅獵出手之快，效率之高讓所有人為之震撼，他們很快就意識到，無論他們有多少人，無論他們抱著怎樣義無反顧的決心，都無法靠近羅獵的身體。

羅獵手下留情了，還擊的時候只是用刀背砸在對手的額頭和身體，或者用寬厚的刀身如巴掌一般狠狠抽打在對方的面頰上。

雨點落地的速度都趕不上羅獵出刀的速度，現場開山刀落了一地，地面上橫七豎八地躺了一大片，很快站著的越來越少，躺著的越來越多，羅獵非但不見疲憊，反而越鬥精神越是抖擻。

這邊的械鬥終於引來了巡捕，當劉探長率領巡捕大批到來的時候，只有羅獵一個人還站在那裡，沒有逃走的開山幫眾都躺在地上失去了戰鬥能力，羅獵將手中的開山刀輕輕扔在了地上，然後大步向巡捕的方向走去。

這一戰鎖定勝局的同時也鎖定了明日黃浦報刊的頭條。

葉青虹拿著報紙衝入了書房，正在看書的羅獵被她嚇了一跳，看到眼中泛淚的葉青虹，羅獵不禁有些心疼，他起身想要安慰葉青虹，卻被葉青虹用報紙狠狠在身上抽打了起來，葉青虹怒道：「你為什麼不告訴我，你為什麼不告訴我？」

羅獵笑道：「又不是什麼大事，更何況事情都已經過去了，說出來也只是多一個人擔心。」

葉青虹揚起報紙還要打他，卻被羅獵一把拽到了懷裡，葉青虹道：「你知不知道人家有多擔心你。」

羅獵笑道：「擔心我什麼？對我沒信心啊？」

葉青虹搖了搖頭，雙手緊緊抱住了他：「總之你答應我，以後不能再逞英雄了，什麼事情都要管，如果他們手中不是刀是槍怎麼辦？」

羅獵道：「我又不是傻子，看到情況不妙我肯定會逃啊。」

「那你不逃？一個人打一百多個，你出什麼風頭？」

羅獵從她手中抽出那份報紙：「報紙上怎麼寫？」

葉青虹道：「還能怎麼寫？把你吹得天下無敵，大英雄，天下第一高手。」

羅獵笑了起來：「雖然不是事實，可也是好事，別人看了這張報紙肯定不敢來找我麻煩了。所以說，塞翁失馬安知非福，任何事情都有兩面性。」

葉青虹道：「兩面性？你還真以為是好事？羅獵，你這次可失算了，昨天的事一上報，現在整個黃浦各大門派都送來了拜帖，點名道姓地要跟你切磋。」

「哦？」羅獵還真是沒想到，人怕出名豬怕壯，昨天獨戰開山幫的事情一見報，黃浦的武林人士都知道有他這一號高手了，現在所有人都把他視為目標，都想通過擊敗羅獵來名震黃浦，所以說這幫武林中人的腦回路和正常人不同，普通人看到報紙第一反應是羅獵以一當百實在是太厲害了，可武林中人看到的反應卻是，我要是擊敗了羅獵，豈不是證明我比他還厲害，只要打敗一個人就能功成名就，這種投機取巧的事情誰不想幹？

此時管家過來通報，卻是黃浦督軍任天駿帶著兒子來了，羅獵這才想起昨天上午和任天駿通過電話，邀請他們父子前來做客，可昨兒的事情太多，自己反倒忘了，他趕緊出門迎接。

小彩虹聽說任餘慶小哥哥來了，蹦蹦跳跳地出門去迎接，見到任餘慶馬上帶著他去參觀自己的玩具。

羅獵和任天駿到外面坐，昨天的大雨夜裡就停了，被暴雨洗刷過的天空澄澈晴朗，今天天氣也格外晴朗。兩人喝著茶，任天駿自然而然就談到了昨天的事：「羅先生，您今天可是黃浦的大明星啊，所有報紙上都有你以一敵百的消息。」

羅獵苦笑道：「這可不是什麼好事，今天我已經收到了六張拜帖，都是黃浦各大武館的館主提出要跟我切磋。」

任天駿淡然一笑，所以說出名不是什麼好事，他輕聲道：「黃浦這個地方，租界遍佈，魚龍混雜，表面上看無比繁華，可繁華背後處處都是罪惡。」

羅獵道：「一方水土一方人，每個地方都有每個地方的規則，如果你做不了制定規則的人，就要學會適應。」

任天駿道：「你和風九青都是一種人。」

羅獵皺了皺眉頭，不知他因何會這麼說。

任天駿道：「如果你不是手下留情，那一百多個開山幫的傢伙只怕已經死了。」他停頓了一下又道：「當年在婺源老營，有人用一把小刀殺死了我數十名部下，別告訴我那個人不是你。」

羅獵笑了笑，沒有承認也沒有否認，任天駿是個聰明人，他的改變應當是因為風九青的出現，任天駿應該比普通人看得更加深遠，他意識到了在這個世界上有風九青和羅獵這種擁有超能力的人存在，這種能力是普通人無法企及的。

任天駿道：「說說你們的約定。」

羅獵愣了一下，他知道任天駿所指的是自己和風九青的九年之約，他不可能告訴任天駿詳情，反問道：「這和你好像沒有太大關係吧。」

任天駿道：「風九青告訴我，我最多還能活五年，我的衰老從這隻手開始。」他揚起右手：「開始是小拇指的指尖，然後是整根手指，現在已經蔓延到了整個手掌，我想再過幾年我就徹徹底底變成一個老人了。」

羅獵道：「解鈴還須繫鈴人，也許她能給你一些幫助。」

任天駿搖了搖頭道：「沒指望了，我之所以問你們的事情不是有什麼目的，只是有些好奇，風九青警告過我，她不許我跟你作對，她在保護你。」

羅獵道：「也許她保護的是你。」

任天駿聽到這句話禁不住笑了起來：「不錯，她在保護我，她知道我殺不了你的。」

羅獵道：「你見識到她的本領之後，是不是感覺到特別悲觀？」

任天駿毫不掩飾地點了點頭道：「是！」

羅獵道：「許多我們看起來的大事，許多了不起的人物，放在歷史之中就會變得不值一提。」他望著任天駿道：「你我都是一樣。」

任天駿道：「我只想我的兒子能夠健康。」

羅獵沉默了一會兒，平靜道：「我能治好他！」他的聲音雖然不大，語氣也極其平靜，可是在任天駿的耳中卻如同晴空霹靂般振聾發聵，任天駿呆呆望著羅獵，過了好一會兒方才問道：「你……你會救他嗎？」

羅獵點了點頭道：「為什麼不呢？」

兩個孩子出現在不遠處的草坪上，小彩虹將一個皮球扔給任餘慶，任餘慶沒有意識到她要幹什麼，皮球砸在了他的身上，然後蹦蹦跳跳滾向了遠方，小彩虹道：「小哥哥，球，球，球！」

任餘慶仍然呆呆站在那裡，任天駿看到眼前一幕不由得有些失望，他歎了口氣道：「真的有希望嗎？」

羅獵道：「希望永遠都在自己的心裡。」

此時皮球滾到了小湖裡，小彩虹唯有跺腳，可任餘慶卻在此時反應了過來，他飛快地向小湖跑去，當任天駿意識到這一點的時候，兒子已經跑到了湖邊，任天駿不禁驚慌起來，大吼道：「餘慶，回來，你給我回來！」

關鍵時刻是葉青虹衝入湖中一把抓住了半個身子已浸泡在湖水中的任餘慶，任餘慶一邊掙扎著，一邊尖叫，他的雙目仍然死死盯住那只不斷漂遠的皮球。

任天駿來到湖邊，葉青虹將任餘慶交給了他，任餘慶仍然不斷掙扎。

任天駿怒吼道：「你醒一醒，你不要命了？」

羅獵道：「把他交給我吧。」

任天駿心中一怔，他轉向羅獵，羅獵向他點了點頭，任天駿猶豫了一下，終於還是做出了決定，他放開了兒子，羅獵也沒有抓住任餘慶手臂的意思，眼看著任餘慶重新衝入了小湖中。

皮球已經漂遠，小彩虹看到任餘慶仍然在試圖去追那只皮球，擔心極了，用盡全力大聲道：「小哥哥，我不要皮球了，你回來，你趕緊回來。」

羅獵脫下外套也走入了湖水中，任餘慶不斷在水中前行，突然腳下一空，身體沉了下去，目睹眼前一幕所有人的內心都緊縮了一下，不過任餘慶的小腦袋很快就從水中冒了出來，他雙手揮舞著，奮力划水去追逐著皮球。

任天駿留意到羅獵雖進入了小湖中，可是距離兒子的身體還有一段距離，根本沒可能觸及到他，任天駿用力眨了眨眼睛，他沒有看錯，兒子根本是在獨自游泳，自己從未教過他游泳，甚至沒有讓他靠近過游泳池，他是何時學會了游泳？

羅獵的精神力突破了任餘慶壁壘森嚴的腦域，在任餘慶的腦域世界中，他舒展著四肢，徜徉在金色的湖泊中，溫暖的陽光照在他的身上，任餘慶感覺到自己一點都不害怕，在他的不遠處，一頭銀灰色的狼浮游在水面上，溫暖的目光望著自己。任餘慶居然感到這頭狼非常的親切，他繼續奮力向前游著……

任天駿望著水中的兒子，他緊張地握著雙拳。

小彩虹也非常緊張，不過她看到任餘慶游得那麼好，很快就不怕了，她在不停為小哥哥鼓勁。

「你叫什麼？」任餘慶聽到有人在跟自己說話，可他的周圍並沒有人，只有一頭會游泳的狼，他不解地望著那頭狼，他並沒有看到狼的嘴巴在動。

終於任餘慶忍不住了：「你在跟我說話嗎？」

灰狼望著任餘慶：「這裡除了你我，還有其他人嗎？」

任餘慶道：「你……不是人……你怎麼會說話？」他忽然想起自己是來追皮球的，可舉目望去，前面哪還有皮球，他的周圍到處都是水，除了他和這頭狼沒有其他人，看不到爸爸，也看不到小彩虹。

任餘慶開始有些慌張了，他想要離開這個地方，調轉方向朝著岸邊游去，可他卻又看不到岸。

灰狼望著他道：「我餓了！」

任餘慶知道牠在想什麼，他拚命划動雙臂，他要遠離這頭灰狼，他要從這個陌生的世界走出去，他看到了岸，岸上都是細軟的白沙，任餘慶光著腳丫沿著沙灘奔跑著，可是他看到那頭灰狼也跟著他上了岸，並迅速向他追逐而來。

任餘慶沒命奔跑著，他一邊跑一邊大喊著：「爸爸！爸爸！救我！」

現實中，任天駿看到了兒子游回了岸邊，濕淋淋的兒子緊閉著雙目，光著腳丫拚命在草地上奔跑著，突然他聽到兒子的求救聲：「爸爸！爸爸！救我！」任天駿無法相信自己的耳朵，他被震撼得無以復加，一時間呆在了那裡。

回到岸邊的羅獵向他做了個手勢，任天駿這才意識過來，他趕緊追了上去，迎著兒子，將哭喊著求救的兒子緊緊擁抱在懷中，顫聲道：「兒子，別怕，爸爸在這裡，爸爸就在你身邊。」

任餘慶瘦小的身軀不斷顫抖著，他感受到了父親溫暖有力的懷抱，終於睜開了雙目，當他看到父親關切的面龐時，終於哇的一聲大哭起來。

小彩虹本想跑過去安慰任餘慶，卻被葉青虹抓住，向她做了個噤聲的手勢。

羅獵手中拿著那只撈回來的皮球，得意地向葉青虹眨了眨眼睛，自閉症對羅獵而言只是小菜一碟，他強大的精神力能夠進入任餘慶封閉的腦域，當然小彩虹在其中也起到了不可或缺的作用，正如他們所言，小彩虹就是一把打開任餘慶心門的鑰匙，只需要一個會使用鑰匙的人在合適的機會旋動鑰匙，就能夠成功打開任餘慶的內心世界。

堅強如任天駿也不禁流出了熱淚，他是個不輕易動感情的人，可是懷中是他的親生骨肉啊。

任天駿終於控制住情緒，偷偷拭去淚水。他仍然無法相信剛才發生的事情，向兒子道：「兒子，你再叫一聲爸。」

任餘慶道：「爸！」

「噯！」

羅獵將皮球拋給小彩虹，小彩虹捧著皮球來到任餘慶面前：「小哥哥，咱們再去玩球好不好？」

任餘慶點了點頭道：「好！」

任天駿親眼看到兒子可喜的變化，恨不能當即跳起來大喊幾聲抒發內心的喜悅之情，他向兒子道：「去和小彩虹玩吧，離湖邊遠一些。」

羅獵換好衣服來到任天駿身邊，微笑道：「你沒事吧。」

任天駿道：「沒事，只是太過驚喜了，謝謝！」

羅獵道：「你不用謝我，就算我不認識你，我也一樣會幫忙治好小餘慶。」

任天駿道：「有時候我心裡很矛盾，希望孩子快快長大，又擔心他長大，生怕他長大會變成另外一個樣子。」

羅獵道：「每個人都有自己的生活方式，其實你不用擔心，我很小的時候就失去了父母，我爺爺雖然負擔我的生活，但是並沒有選擇和我生活在一起，很早就把我送到了中西學堂，開始的時候我很難過，可很快我就適應了，也是在那時我學會了獨立生活，所以早點放手未必是壞事。」

任天駿道：「我知道，終有一天我不得不離開他。」想到自己來日不多的生命，任天駿心中不禁感到難過。

羅獵道：「所以要珍惜在一起的日子，儘量給他父愛，教會他獨自生活，孩子的路比我們要長得多，就算我們不在了，他們同樣還要走下去。」

任天駿點了點頭，他卻不知道羅獵的這番話也是有感而發。

羅獵望著遠處開心玩耍的孩子們，心中百感交集，他留在這個世界上的時間或許已經不多，他要盡自己的一切努力，給家人幸福，他不可以辜負葉青虹，他也不會辜負蘭喜妹的一片苦心。

羅獵和葉青虹的婚禮簡約卻並不簡單，精心佈置的小教堂，每一處細節都可以看出主人細緻的心思。羅獵和葉青虹商定，他們無需太多外人見證自己的幸福，在十月一日這一天，羅獵挽著自己美麗的新娘，小彩虹為葉青虹托著婚紗，參加婚禮的人有張長弓、陸威霖、阿諾和鐵娃，還有特地從津門趕來的英子夫婦。還有唐寶兒和程玉菲，這對新人需要的是朋友的真心祝福。

羅獵和葉青虹為彼此戴上戒指，望著對方的眼睛，他們都想起最初相識的時候，想起這一路走來的艱辛，在神父的面前宣誓之後，羅獵親吻了自己的新娘，眾人齊聲歡呼著。

葉青虹將捧花拋向身後，眼疾手快的張長弓一把接住捧花，他的臉上也樂開了花，東山島之旅滿意而歸，海連天並沒有刁難他就答應了他和海明珠的婚事，並不僅僅因為張長弓的誠意所動，更是因為海連天看出這個女兒除了張長弓這個莽漢誰都不會嫁。

婚宴也在葉青虹的莊園內舉辦，陸威霖在婚禮的儀式之後就選擇離開，他也聽說了任天駿前來擔任黃浦督軍的消息，雖然他對任天駿並無畏懼之心，可他並不想因為自己留在黃浦而給羅獵帶來太多的麻煩，更何況百惠還在南洋等著他。

羅獵將陸威霖送到門外，陸威霖和他握手道別道：「我這次走，可能很長一段時間都不會回來，你們夫婦不妨考慮去南洋度假，我保證讓你們賓至如歸。」

羅獵笑著拍了拍他的手背道：「放心吧，我很快就會去看你。」

陸威霖又附耳道：「這麼好的女人千萬不要浪費了，趕緊再生個胖小子。」

羅獵笑了起來。

夜晚的小湖邊燃放起了煙花，羅獵摟著葉青虹的香肩在露台上欣賞著夜空中美麗的煙火，這些煙火是羅獵特地為葉青虹準備的，葉青虹陶醉在這絢爛美麗的夜景中。

羅獵道：「不早了，咱們是不是該睡了？」

葉青虹居然難為情了，皺了皺鼻翼道：「我要去看看女兒，每天晚上都要給她講故事的。」

羅獵笑道：「今天不用，我讓英子姐陪她了。」

葉青虹道：「可我還是不放心。」

「不放心什麼？」

葉青虹俏臉緋紅道：「不放心你。」

羅獵道：「你擔心我吃了你？」

葉青虹點了點頭，羅獵忽然將她攔腰抱了起來，笑道：「我還擔心呢。」

葉青虹咯咯笑了起來。

英子望著小彩虹安祥的睡姿，臉上露出由衷的笑容，董治軍也笑瞇瞇望著小彩虹，他用肩膀碰了碰英子道：「老婆，既然那麼喜歡孩子，咱們也生一個。」

英子道：「生什麼生？幾年了還是沒動靜。要不你娶一房姨太太得了，省得你們老董家斷了香煙。」

董治軍道：「什麼話，我又沒那個心思，老婆，我聽說啊，普陀的香火很靈，要不咱們過兩天去一趟，反正沒多遠。」

英子點了點頭，忽然又想起了一件事：「對了，你打算待多久啊？」

董治軍道：「羅獵不是說想讓咱們留下給他幫幫忙。」

英子道：「幫忙？這裡是黃浦，你能做什麼？總不能白吃白喝吧？」

董治軍道：「我不是那個意思，其實咱們在津門也沒什麼發展，不如來這裡看看，而且羅獵不是開了個碼頭，咱們幹點力所能及的事情，幫他分分憂，你可以代課啊，羅獵說了，那個福音小學缺老師，你仍然當你的老師不好嗎？」

英子道：「好是好，可我總怕給羅獵兩口子添麻煩。」

董治軍道：「我原來也這麼想，可後來想想，咱們在津門也沒什麼親戚了，羅獵這邊也沒有。住得近點，相互之間也好有個照應。」

英子道：「聽起來好像有些道理呢。」

白雲飛望著改造後的虞浦碼頭，不禁有些羨慕了，當時他怎麼就沒有發現這碼頭居然有那麼大的價值，在羅獵的改造下，這裡從一個不起眼的小碼頭，變成了一座完全可以和浦江其他大型碼頭平起平坐的地方。

白雲飛道：「這麼一改可以停大船了，再加上後面的這塊空地，呵呵，羅獵，你眼睛真是夠毒的，虞浦碼頭完全有成為浦江第一的潛力。」

羅獵不是眼睛毒，而是因為他熟知未來浦江的變遷，這次拿下虞浦碼頭有作弊之嫌，不過對張凌空那種人也無須客氣，羅獵笑道：「我不懂商場，也沒那麼大的野心，只是想著能夠賺點小錢維繫生活。」

白雲飛道：「跟我都不說實話，得！我今兒找你是來算帳的，我送你那麼一大份賀禮，你小子居然連頓喜酒都不請我喝。」

提起這事兒羅獵不好意思地笑了：「是我錯，不過我和青虹商量了一下，就請了幾個家裡人，沒敢張揚，我現在的情況您也知道，整個黃浦的武林高手都想把我給打趴下，如果知道我那天結婚，非亂套不可。」他結婚已經快過去兩個月了，還沒有請過白雲飛吃飯，雖然送過了喜糖喜煙，可畢竟還是有些失禮。

外面突傳來一個聲音道：「誰是羅獵？我乃鷹爪門李天野特來登門討教！」

羅獵和白雲飛對望了一眼，真是哭笑不得。還好有張長弓在，張長弓最近可沒少替羅獵料理這些麻煩，張長弓大步走了過去：「想跟羅先生過招，先過了我這一關。」

沒出三招，張長弓就把挑戰者給打趴下拎著衣領子扔了出去，張長弓都有些不耐煩了，回來的時候向羅獵搖著頭道：「我說，乾脆別等他們來了，明兒我讓人挨個門派給下戰書，然後咱們兄弟一路打過去，打到他們服氣，我看誰還敢再登門挑戰。」

白雲飛哈哈大笑起來。

羅獵道：「你別笑，我現在是深陷泥潭。」

白雲飛道：「自找的，不過我看這事也沒那麼簡單，說不定背後有人唆使，不然哪有那麼多人登門挑戰？」

羅獵道：「我也這麼想。」

白雲飛道：「聽說你和任天駿冰釋前嫌了？」

羅獵笑道：「算不上冰釋前嫌，只能說是暫時擱置矛盾，人一輩子說長不長，說短不短，總不能整天回頭看。」

白雲飛道：「這世上的太多事實在是讓人捉摸不透了。」他抬頭看了看空中的浮雲，黃浦的天空總不如津門來得澄澈，白雲飛道：「你變了。」

「哦？」羅獵饒有興致道，他還是頭一次聽別人這樣說自己。

白雲飛道：「你變得不再那麼在意結果，甚至也不像過去那樣一定要分出是非曲直。」

羅獵道：「因為我發現很多事的結果並不是自己想要的。」

白雲飛道：「明知改變不了才放棄吧？」

兩人同時沉默了下去，望著前方靜靜東流的浦江，他們的話彷彿都被水流給帶走了。

白雲飛是在離開虞浦碼頭回家的途中遭遇伏擊的，汽車幾乎被打成了篩子，負責保護白雲飛安全的四名保鏢全都橫死當場，不過白雲飛還算幸運，雖然身中數槍可是並不致命，白雲飛第一時間被送到了法租界的一家醫院。

白雲飛被暗殺的當日，張凌空遭遇了一場爆炸案，他從辦公室出來本想上車，可上車前又想起自己有份合同落在了辦公室內，正是這份合同救了張凌空一名，張凌空轉身去拿合同的時候，汽車發生了爆炸，整條街建築物的玻璃幾乎都被震碎了，汽車被炸成了一堆廢鐵，司機和兩名保鏢當場死亡，最倒楣的是三名無辜路人，因為距離爆炸中心太近被炸身亡。

一天之內黃浦兩位大亨被人暗殺，雖然兩人都僥倖躲過了劫難，可對整個黃浦的震動極大，黃浦各大勢力的首領無不人人自危，租界巡捕房傾巢出動，在黃浦的大街小巷也看到不少軍人的身影，應警方的要求，軍方提供協助。

籠罩在黃浦上方的陰雲並沒有因為軍警的及時介入而消散，在兩起震驚黃浦的暗殺過後，黃浦發生了震動全國的大罷工，剛開始只是紡織業，很快這股罷工風潮就蔓延到了整個社會。

伴隨著罷工的蔓延，一直隱藏的動盪因素開始暴露了出來，搶劫、盜竊、殺人、縱火案件層出不窮，大批貧民擁入租界，兩大租界不得不在邊界實施戒嚴。一時間租界的巡捕疲於奔命，焦頭爛額。

在這樣的大背景下，虞浦碼頭所有的收尾工程都停了下來。

羅獵和張長弓兩人守著空蕩蕩的碼頭，兩人閑來無事在岸邊釣魚，張長弓雖然水性不好，可是在釣魚方面卻有專長，一會兒功夫已經將魚簍釣滿，羅獵那邊卻是毫無動靜，不過他的性情向來不急不躁，抱著姜太公釣魚願者上鉤的心態，釣魚就是個修心養性，壓根不必在意結果。

張長弓那邊又上了一條魚，他將那條小鯽魚取下重新扔到了水裡，向羅獵道：「這兩天怎麼沒見阿諾？」

羅獵道：「死性不改，又去賭錢了。」

張長弓歎了口氣道：「我看他這輩子賭錢酗酒兩樣事情是戒不掉了。」

羅獵道：「瑪莎還在歐洲嗎？」

張長弓道：「聽說和他一起回來的，不過兩口子中途吵了一架，下船之後就各奔東西，我問過他，他不肯說，不過我估計瑪莎應當是回塔吉克部落了。」

羅獵道：「還是勸勸他們，兩口子總這麼分著也不是一回事。」

張長弓點了點頭。

羅獵又問道：「你打算什麼時候迎娶海明珠呢？」

張長弓呵呵笑了起來，提起海明珠就掩飾不住臉上的幸福，在老友的面前他沒必要隱瞞：「我打算年底帶她回滿洲，去我老娘墳前祭拜一下，然後就在家鄉把婚事給辦了。」

羅獵道：「我跟你一起過去。」

張長弓點了點頭道：「我就這麼打算的，湊著新年，把他們都叫回來。」

羅獵看到魚浮忽然沉了下去，心中一喜，等了那麼久總算有魚咬鉤了，水中咬鉤的魚很大，突然向下潛游，將魚線扯得筆直，張長弓也看出這條魚不小，驚喜道：「大魚啊，別讓牠跑了。」他起身去拿抄網幫忙。

羅獵緊緊抓著魚竿，和那條魚拉鋸了半個小時，方才看到那條魚從水中現出脊背，卻是一條一米多長的大青魚，若非魚線夠堅韌，早已被這條魚扯斷。

張長弓幫忙將青魚拎了上來，嘖嘖讚道：「厲害，我今兒釣了那麼多也比不上你這一條。」

羅獵卻發現這青魚肚子奇大，估摸著可能是腹中有不少的魚籽，對他而言釣魚只是一個過程，準備將青魚放生。

張長弓因為好奇在青魚的肚子上摸了摸，卻發現青魚的肚子裡面有個堅硬的物體，輪廓分明，他向羅獵道：「這魚腹裡面有東西。」

羅獵聽他一說，也伸手在魚腹摸了一下，果然感覺到魚腹內有一個堅硬的條索樣的東西。僅憑手感就能夠判斷出應當是金屬之類的物體，難怪這條魚的肚子會如此之大。

兩人將這條青魚就地剖開，打開青魚的肚子，很快就發現青魚腹內有一個長約一尺的油布包，拆開油布包，裡面裹著一把古樸的短劍。他們兩人都聽說過魚腸劍的故事，可今天確實親眼所見。

羅獵拿出那柄短劍，短劍插入鯊魚皮劍鞘之中，方才抽出一截，就感覺一股寒氣撲面而來，羅獵看了看劍身上的銘文，馬上就判斷出這柄短劍來自於明代。

青魚的壽命最長也就是七八十年，所以牠不可能從明朝活到現在，換句話來說，這把劍應當是最近幾十年有人塞到青魚肚子裡的，不過誰會做這種無聊的事情？而且往魚肚子裡藏劍之人，又怎麼知道青魚能夠一直活著？最大的可能就是藏劍之人當時遭遇了緊急狀況，所以才用這種方法藏起了這柄短劍，至於藏劍之人或許已經不在人世了。

張長弓道：「這柄劍看來不錯！」

羅獵撿起一旁的鐵棍，用這柄短劍照著鐵棍揮去，鏘的一聲，鐵棍從中斷成了兩截，張長弓目瞪口呆，這就是傳說中的削鐵如泥。

外面傳來汽車的鳴笛聲，卻是葉青虹來了，羅獵約了葉青虹上午一起去探望白雲飛。葉青虹聽說他們釣了大魚，也好奇地過來看熱鬧，可走近大魚旁邊，看到地上的血跡，又聞到刺鼻的腥氣，突然腹中一陣翻江倒海，轉身一路小跑到旁邊吐了起來。

羅獵慌忙來到她身邊，關切道：「青虹，你沒事吧？」

葉青虹點了點頭，聞到羅獵手上的腥氣，馬上又躬身嘔了起來，她擺了擺手道：「你身上好大的魚腥味，離我遠一些。」

羅獵趕緊退後，看到葉青虹的樣子，心中忽然想到了什麼，臉上露出笑意，他去將手洗乾淨，又去辦公室換了身外套，這才重新回到葉青虹身邊，葉青虹已經止住了嘔吐，遠遠站著，羅獵遞給她一杯溫開水，葉青虹漱了漱口。

「如何？」

葉青虹搖了搖頭道：「吐完就舒服了，想來是受了涼。」

羅獵道：「我看未必。」

葉青虹詫異地看了他一眼。

羅獵低聲道：「你該不是有了？」他指了指葉青虹的肚子，葉青虹一張俏臉紅了起來，啐道：「胡說八道。」她岔開話題道：「你們在魚肚子裡發現了一柄劍？」

羅獵點了點頭，將剛才的事情說了一遍，不過沒有將短劍拿給葉青虹看，畢竟有了剛才的事情，他擔心葉青虹受不了腥氣再度嘔吐。

葉青虹道：「那短劍是什麼時候的？」

羅獵道：「應該是明宣德年間。」

葉青虹自語道：「難道是真的？」

羅獵道：「什麼真的？」

葉青虹道：「車上說。」

羅獵跟張長弓說了一聲，和葉青虹一起上了汽車，羅獵讓葉青虹去一旁坐了，自己開車，還特地給葉青虹繫上了安全帶，要說這安全帶本應在四十多年後才被發明，不過羅獵將他們的用車都特地改裝了一下，葉青虹本來還以為沒有必要，不過後來一次緊急狀況證明這安全帶實在是太有必要了，葉青虹甚至提出要將羅獵的這一發明進行推廣，是羅獵否定了她的這個想法，畢竟這東西是他從智慧種子中得到的啟示，歷史上的發明者不是自己，自己也不能剽竊他人的成果。

雖然不會剽竊，並不代表著不能使用，為了家人的安全，羅獵還特地給女兒設計了一張兒童安全座椅。

葉青虹看到羅獵小心翼翼的樣子忍不住笑了起來：「你當我小孩子啊。」

羅獵道：「慎重，一定要慎重，咱們剛巧去醫院，給你查查。」

葉青虹紅著俏臉道：「咱們才結婚兩個月，哪有那麼快。」

羅獵一邊開車一邊道：「你這是蔑視我的能力。」

葉青虹忍不住笑了，挽住羅獵的手臂道：「我才沒有，我老公最厲害了。」

女人的這句恭維如同春藥，羅獵握住葉青虹的左手，葉青虹敏銳地感覺到他掌心的溫度升高，柔聲道：「你手好熱。」

羅獵道：「心更熱。」

葉青虹笑道：「我發現你變了。」

羅獵道：「哪裡變了？」

葉青虹道：「變得油腔滑調，變得好不正經。」

羅獵笑道：「你是喜歡我正經還是不正經？」

葉青虹笑而不語。

羅獵道：「說！老老實實交代！」

葉青虹道：「都喜歡！」

羅獵哈哈大笑，不過他聽到前面傳來口號之聲，原來是不巧遭遇了遊行的隊伍，本想倒車迴避，可剛好是在道路的中途，於是他將車靠在一邊。

那些工人打著條幅喊著口號從他們的身邊經過，大概有上千人，場面浩浩蕩蕩，一時間他們也無法從這裡通過。羅獵看到那些經過的工人不時向他們的汽車投來仇恨的目光，心中隱然覺得不妙，他向葉青虹道：「下車。」

葉青虹愣了一下，不過她還是聽從羅獵的吩咐，解開安全帶，推開車門走了下去，羅獵從另外一側下車，鎖好汽車，展開手臂摟住了葉青虹的肩膀。兩人迅速來到一旁的牆邊站著，最近工人遊行愈演愈烈，多處發生打砸搶的事情，因為社會的貧富不均，產生了嚴重的仇富現象。

羅獵對危險的預感遠超常人，他從那些路過工人的眼神中察覺到了危險，如果是他一個人他並不會擔心，可畢竟身邊還有葉青虹。羅獵攬住葉青虹的纖腰，兩人向前走了幾步。

沒走出太遠就聽到身後傳來一個憤怒的聲音道：「我們吃不飽穿不暖過著饑寒交迫的生活，這些大資本家，大買辦，勾結洋人，出賣國家的利益，無情地剝削我們的勞動成果，用我們的血汗錢去購置房產，汽車，他們都是吸血鬼！」

「打倒資本家，打倒吸血鬼！」在口號聲中，遊行的人們越發顯得慷慨激昂，有人注意到了那輛停在道路邊的紅色轎車，指著那輛轎車道：「砸了它！」

有人提議馬上就有人付諸實施，一塊磚頭砸在了汽車的前擋風玻璃上，馬上更多的石塊和磚頭飛了過去。

葉青虹眼睜睜看著自己的汽車被砸，氣得直跺腳，想衝過去阻止這群人。

羅獵一把將她抱住，低聲道：「別過去！」現在絕不是過去的時候，一旦把焦點引到他們的身上，還不知道會遭遇到怎樣的麻煩，葉青虹其實最喜歡這輛車，看到那麼多人衝上去對著她的愛車一通亂砸，葉青虹氣得眼圈都紅了。

羅獵附在她耳邊柔聲道：「別生氣，千萬別動氣，想想你的肚子。」

葉青虹正在氣頭上，怒道：「我肚子怎麼了？」一聲尖叫把那群砸車人的注意力給吸引了過來。

羅獵摟住葉青虹，向那群人道：「不好意思，你們繼續，你們繼續！」

那群人怔怔望著羅獵，葉青虹氣得狠狠在羅獵手臂上擰了一把，她從沒見過羅獵那麼窩囊，車被別人砸成這個樣子居然還不能吭聲了。羅獵在這種時候還能保持微笑，這份淡定的心態的確超出常人。

替天行盜 II 卷2 火線救援

作者：石章魚
發行人：陳曉林
出版所：風雲時代出版股份有限公司
地址：10576台北市民生東路五段178號7樓之3
電話：(02) 2756-0949
傳真：(02) 2765-3799
執行主編：劉宇青
美術設計：許惠芳
行銷企劃：林安莉
業務總監：張瑋鳳

初版日期：2022年3月
版權授權：閱文集團
ISBN ：978-626-7025-57-4
風雲書網：http://www.eastbooks.com.tw
官方部落格：http://eastbooks.pixnet.net/blog
Facebook：http://www.facebook.com/h7560949
E-mail：h7560949@ms15.hinet.net
劃撥帳號：12043291
戶名：風雲時代出版股份有限公司

風雲發行所：33373桃園市龜山區公西村2鄰復興街304巷96號
電話：(03) 318-1378
傳真：(03) 318-1378
法律顧問：永然法律事務所 李永然律師
　　　　　北辰著作權事務所 蕭雄淋律師

行政院新聞局局版台業字第3595號 營利事業統一編號22759935

定價：290元

國家圖書館出版品預行編目資料

替天行盜 第二輯 ／石章魚 著. -- 臺北市：風雲時代出版股份有限公司，2022.02- 冊；公分

ISBN 978-626-7025-57-4（第2冊；平裝）

857.7　　　　110022741